Kerstin Schaum

...und führe uns durch die Versuchungen!

Kerstin Schaum, geb. 1971, ist freie Autorin, Herausgeberin des Natur- und Umweltmagazins Gartenfrosch in Südhessen, Psychologische Beraterin, Trauer- und Hospizbegleiterin, Dozentin. Sie ist verheiratet, hat zwei Töchter und lebt in Südhessen. Sie stammt aus Hünfeld – den Landkreis Fulda und die Rhön bezeichnet sie als ihre Heimat. Im Parzellers Buchverlag sind verschiedene Geschenk- und Trauerbücher von ihr erschienen.

Dieses Buch ist ein Roman. Handlungen und Personen sind frei erfunden. Ähnlichkeiten mit lebenden und toten Personen sind rein zufällig. Natürlich sind auch die Handlungen in den öffentlichen Gebäuden aus der Fantasie heraus entstanden.

Kerstin Schaum

...und führe uns durch die Versuchungen!

EIN FULDA-KRIMI

parzellers
BUCHVERLAG

ISBN 978-3-7900-0581-3

Layout: Peter Link
Titelmotiv: Johanna Schaum
Druck und Verarbeitung: Rindt-Druck, Fulda

Inhalt

Prolog

Wo finde ich die Wahrheit, wenn nicht an diesem Ort?
Heilig und scheinbar so gerecht.

Doch da sind die dunklen Gassen, die tiefen Löcher, der Sog, der nach unten zieht und mich versucht, auszulöschen. Ich will fliehen, aber weiß nicht wohin. Da sind die Abgründe, die mich in die Tiefe ziehen und versuchen, mich zu vernichten. Von wem kann ich Hilfe erwarten an diesem heiligen Ort?

Die Führung

Auch die Nacht konnte die gewünschte Abkühlung nicht bringen. Der Himmel schien durch die vereinzelten Wolken etwas gnädiger gestimmt, aber die Hitze der letzten Tage stand wie eine Wand. Die Sonne hatte den ganzen Tag mit ihrer vollen Stärke auf die Dächer der Barockstadt geschienen. Die Fenster des Schlosses waren gekippt, denn auch das alte Gemäuer konnte die Wärme nicht im gewünschten Maß abweisen. Eine hohe Ozonkonzentration lag in der Luft, die Reizungen der Atemwege zur Folge haben konnte – eine Gefahr für Mensch, Tier und Pflanze. Ansonsten gab es in der Stadt mitten in Deutschland, zumindest von außen betrachtet, keine wirklichen Gefahren, so durfte man jedenfalls annehmen. Barock, verträumt, gemütlich und übersichtlich, glaubensstark und eigenwillig. Eine Stadt zum Verlieben.

Sina Seefeld, eine attraktive, sportliche Stadtführerin, schritt an diesem späten Abend schnellen Schrittes voran. Ihre langen, lockigen und blonden Haare wippten bei jeder dynamischen Bewegung mit. Sie wirkte offen, intelligent und ein wenig keck.

Es wurde in den Sommermonaten die Stadtführung „Fulda, die Barockstadt – eine unvergessene Sommernacht" angeboten. Sie hatte den Besuchern bereits wichtige Sehenswürdigkeiten im Altstadtbezirk – im Herzen von Fulda, im alten Handwerkerviertel –, das alte Rathaus und das Wohnhaus des Domerbauers Johannes Dientzenhofer, gezeigt. Gerne wies sie an dieser Stelle auf das antonius LadenCafé, ein Stadtcafé mit besonderem Flair und Freundlichkeit mit einer wunderschönen Terrasse zwischen dem alten Dannemann-Haus und der barocken Severikirche, hin.

Sina erreichte mit ihrer Gruppe die Kanalstraße: „Der Hexenturm in Fulda ist ein 14 Meter hoher Turm der mittelalterlichen Stadtbefestigung. Der im 12. Jahrhundert erbaute Turm war Teil der inneren Stadtmauer und Teil des Nordtores. Tor und Turm grenzten die Stadt vom Klosterbezirk ab. Der Hexenturm ist der am besten erhaltene Turm der mittelalterlichen Stadtbefestigung Fuldas. Dieser ursprünglich als Wächterturm der Stadtmauer entstandene Turm wurde später auch als Frauengefängnis genutzt. Die Opfer der Hexenverfolgung wurden laut Originaldokumenten aus dem Jahr 1603 jedoch nachweislich nicht in diesem Turm, sondern im Fuldaer Stadtschloss gefangen gehalten. Der Name Hexenturm entstand im Volksmund wohl erst am Ende des 19. Jahrhunderts.

Nur kurz zur Hexenverfolgung in Fulda: Es war allgemeiner Glaube, dass „Hexen" durch die Hilfe des Teufels an allem Übel auf dieser Erde schuld seien und nur durch ihre Vernichtung das Elend aus der Welt geschafft werden konnte.

Mehr als 100 000 Menschen, die meisten von ihnen Frauen, wurden zwischen 1450 und 1750 in Europa wegen Teufelsanbetung und schwarzer Magie vor Gericht gestellt; etwa die Hälfte von ihnen starb auf dem Scheiterhaufen.

Im Hochstift Fulda setzte die Hexenverfolgung verstärkt ein, als Fürstabt Balthasar von Dernbach seine zweite Amtszeit 1602 begann. Obwohl Konrad Landau noch amtierender Zentgraf in Fulda war, enthob ihn Dernbach seines Amtes und erklärte Balthasar Nuß zum Zentgrafen und Malefizmeister, also Hexenrichter.

Von diesem war bekannt, dass er skrupellos, hinterhältig und brutal seinen Vorteil suchte. Der Fürstabt stattete ihn mit allen Vollmachten aus und so begann schon im Frühjahr 1603 eine intensive Verfolgung, der bis zum Jahr 1606 ca. 270 Frauen und drei Männer zum Opfer fielen.

Die Besucher waren fasziniert von den Geschichten rund um die Hexenverfolgung und von diesem Turm, der so viele Geheimnisse in sich bewahrte. Und auch Sina zog dieses Thema immer wieder in ihren Bann. Sie nannte sich selbst humorvoll „Hexe der Neuzeit".

Weiter ging es zur Michaelskirche:

„Sie wurde im vorromanischen karolingischen Baustil im Auftrag von Abt Eigil in den Jahren von 820 bis 822 erbaut. Sie gilt als der älteste Nachbau der Grabeskirche Jesu in Deutschland und zählt zu den bedeutendsten mittelalterlichen Sakralbauten Deutschlands.

Schließlich standen die Gäste mitten auf dem Domplatz und schauten auf den beeindruckenden Dombau: „Der Fuldaer Dom ist nicht nur das berühmteste Wahrzeichen der Barockstadt, er ist auch die bedeutendste Barockkirche Hessens. Seit der Erhebung der Fürstabtei Fuldas zum Fürstbistum im Jahre 1752 ist sie Kathedrale und damit Bischofskirche. Zuvor war sie Kloster- bzw. Stiftskirche des 744 im Auftrag des Heiligen Bonifatius gegründeten Klosters Fulda. Fürstabt Adalbert von Schleiffras ließ die Ratgarbasilika durch die Hohe Stiftskirche, den heutigen Dom, ersetzen. Johann Dientzenhofer erbaute zwischen 1704 und 1712 die neue Kirche im Stil des italienischen Barock und übernahm wesentliche Elemente des Vorgängerbaus, wie z. B. die beiden hohen Türme. Der Dom ist, wie auch seine Vorgängerkirchen, St. Salvator, dem Erlöser der Welt geweiht."

Die anschließende Kühle im Inneren des Domes wirkte sich auf das Gemüt und die Konzentration der Besucher positiv aus. Die Schweißperlen konnten für eine kurze Weile eine Pause einlegen.

„Ich dachte, Sie wollten uns mit Ihrem an den Abend gelegten Tempo umbringen", scherzte ein älterer Herr und die durchtrainierte Sina musste mal wieder feststellen, mit zu viel Energie ans Werk gegangen zu sein.

Sie brauchte diese Stadtführungen für sich als Ausgleich zu ihrem Job. Hauptberuflich arbeitete sie als couragierte Hauptkommissarin im Polizeipräsidium Osthessen in Fulda, R K I (Regionale Kriminalinspektion), Abteilung K 10 (Gewalt-, Brand-, Waffen-, Sexualdelikte, Vermisstenstelle).

„Nein, nein, umbringen möchte ich Sie bestimmt nicht, nur ein bisschen umherbringen oder man könnte auch sagen auf Vordermann bringen."

Eines musste man der hübschen, 1,69 m großen und schlanken Seefeld lassen: Auf den Mund war sie nicht gefallen.

„Na, da ging's den Burschen hier aber früher schon gut, wenn ich mich in der Kirche so umsehe", frotzelte ein anderer. Sina umging eine Antwort auf ihre Art und Weise. Diese Kommentare kannte sie, aber auf diesem Ohr war sie einfach taub. Sie war bestimmt nicht diejenige, die als Missionarin tätig werden wollte. Ihr gefiel der barocke, schlicht gehaltene Dom, der auf den Mauern des ersten Klosters aufgebaut worden war. Der Baumeister Dientzenhofer hatte sich die Ideen zu diesem Meisterwerk im Petersdom in Rom geholt und exzellent umgesetzt. Der Fuldaer Dom hatte etwas Mystisches, etwas Geheimnisvolles und konnte so viele Geschichten erzählen. Die Schwurplatte, der Hochaltar mit dem dahinterliegenden Mönchschor, die wunderschönen Seitenaltäre und Grabdenkmäler waren einzigartig.

Aber Sina wollte niemandem ihre persönliche Meinung überstülpen.

In der Krypta des Doms machte Sina ehrfürchtig vor dem östlich an der Wand stehenden Altar, der das Grab des Apostels der Deutschen birgt, halt und erzählte neben den Details zum Altar den Zuhörern die Geschichte des Missionars und Märtyrers Bonifatius. Dies tat sie immer mit besonders viel Enthusiasmus, denn als engagierte Kriminalbeamtin konnte sie sich in das damalige Geschehen bestens hineinversetzen und das Ganze noch wunderbar dramatisieren. „….. Im Alter von fast 80 Jahren zieht Bonifatius nochmals an den Ort seines ersten apostolischen Wirkens, nach Friesland, wo er und seine 52 Gefährten am 5. Juni 754 plötzlich von Räubern auf brutalste Art und Weise ermordet werden. Die Mordwaffe, mit der Bonifatius heimtückisch getötet wurde, könnte ein Dolch gewesen sein. Man weiß es nicht genau.

Neue Untersuchungen kommen zu der Schlussfolgerung, dass die Täter heidnische Friesen waren, die sich sehr wohl bewusst waren, mit wem sie es zu tun hatten, aber auch die Gelegenheit nutzten, um Beute zu machen.

Das Haupt des Heiligen, an dem man keine Verletzungsspuren nachweisen konnte, befindet sich im dem Dom angeschlossenen Dommuseum. Es zeigt schwerpunktmäßig Objekte, die mit der Person des Heiligen Bonifatius in Verbindung stehen und seiner Verehrung dienen. Weiterhin wird in den Räumlichkeiten die Geschichte des Fuldaer Klosters und des Doms dargestellt. Zum Beispiel sind wertvolle Gegenstände zu besichtigen, die teilweise aus Bonifatius' Nachlass stammen und im 8. Jahrhundert in den Besitz des 744 von Sturmius gegründeten Benediktinerklosters gelangten. Zahlreiche Baufragmente erinnern im Museum an die mittelalterlichen Vorgängerbauten des heute barocken Doms, unter anderem an die 791 bis 819 errichtete Ratgarbasilika, von der ich Ihnen ja bereits ausführlich erzählt habe..."

Die Gäste standen bei jeder dieser Führungen mit offenem Mund und weiten Ohren vor ihrer Gästeführerin und man konnte förmlich sehen, wie ein Film vor ihrem geistigen Auge ablief, auch wenn mit Sicherheit nicht alles klar und deutlich zu verstehen war und zu viele Zahlen verwirrten. Und letztendlich konnte ja niemand ganz genau sagen, was in der damaligen Zeit wieso und warum wirklich geschehen war. Aber die engagierte Sina machte ihre Sache sehr gut, als Stadtführerin der Stadt Fulda und auch als Beamtin des Polizeipräsidiums Osthessen. Sie war eine Fachfrau auf beiden Gebieten und das setzte viel Wissen voraus, manchmal allerdings zu viel.

Beim Verlassen der Bonifatiusgruft verbeugte sich Sina ehrfürchtig vor dem Reliefbild, das in lebendiger Szene den Augenblick darstellt, als Bonifatius den Schwertstreich seines Mörders empfängt. Die Geschichte dieses Mannes faszinierte sie immer wieder aufs Neue, vielleicht auch deshalb, weil sie etwas Rätselhaftes in sich trug und die ganze Wahrheit niemand ergründen konnte.

Das Leben der Heiligen weckte Sinas Interesse sehr: ihre Geschichte, ihre Taten und ihre Werke. So verwies Sina Seefeld im Dom auch immer wieder auf die Heilige Elisabeth von Thüringen, die die Zweitpatronin der Diözese Fulda ist.

Den Abschluss machte sie immer wieder gerne im Schlossgarten, um den Besuchern der schönen Stadt dort die Möglichkeit des Verweilens zu geben, wenn das Wetter es zuließ. An diesem Abend kündige sich allerdings ein gewaltiges Gewitter an. Es lag bereits spürbar in der Luft. Der Schlossgarten selbst war wie jeden Abend im Sommer dezent und ansprechend beleuchtet. Und Sina war es wichtig, ihr Programm nach Plan durchzuführen, egal welche Wetterlage sich gerade bot. So lief sie, mit ihrem Fulda-Schirm mit der Aufschrift „Fulda liebenswert, lebenswert“ nach oben zeigend, taff voran. Die Gäste folgten brav und artig, so als hätte Sina sie mit ihrem geschichtlichen Wissen hypnotisiert und vollkommen in ihren Bann gezogen. Das Gewitter musste warten.

Beim Laufen drehte sie sich zur Gruppe und rief: „Es gibt kein schlechtes Wetter, es gibt nur schlechte und unpassende Kleidung, stimmt's?“ Außer einem Raunen und Brummen bekam sie aber keine Antwort. Ein junges Mädchen mit zauberhaft braunen, langen Haaren hatte sich zu Sina gesellt und nutzte die Gunst der Stunde, um Wissenswertes aus Sina herauszuquetschen und sich einzuschmeicheln.

Zwei Stunden Führung durch eine gute Gästeführerin hatten die Besucher gebucht, und genau das sollten und würden sie auch bekommen, auch wenn es inzwischen wie aus Eimern goss und das Interesse und die Aufmerksamkeit der Besucher bei diesem Wetter nun wirklich mittlerweile zu wünschen übrigließ. ‚Augen zu und durch', das war Sinas Devise. Irgendwann würde der Regen auch wieder aufhören. Und spätestens zu Hause würden diese Menschen reflektieren können, was diese wunderschöne Stadt zu bieten hatte. Da war sich Sina sicher.

„Zur Ihrer Rechten sehen sie das barocke Stadtschloss, in dem heute die Stadtverwaltung mit ihren Ämtern ihren Sitz hat. Mit unseren fast 69.000 Einwohnern haben wir neben dem Oberbürgermeister einen Bürgermeister und einen Stadtbaurat. Der Turm der noch aus dem Mittelalter stammenden Burg mit seiner Erhöhung aus der Renaissancezeit blieb sichtbar erhalten und wurde in den Schlossumbau integriert. Im Inneren des Schlosses können die Historischen Räume, in denen der Fürstabt lebte, besichtigt werden. Besonders bemerkenswert ist der Fürstensaal, in dem heute zahlreiche Veranstaltungen, unter anderem auch „Literatur im Stadtschloss" stattfinden."

„Cool", sagte das ca. 12-jährige hübsche Mädchen namens Fenna. „Ich lese für mein Leben gern. Kommt da auch die Autorin von Harry Potter?" Jetzt schritt ihre überbesorgt wirkende Mutter ein und schüttelte missbilligend den Kopf. „Nein, bisher noch nicht, aber das wäre ja mal eine Idee", lachte Sina. „Die Joanne K. Rowling müsste man da aber erst einmal anfragen, und das ist gar nicht so einfach. Sicherlich sagen dir aber auch Günter Grass, Gräfin Dönhoff, Marcel Reich-Ranicki oder Harry Rowohlt, der Penner der Lindenstraße, etwas." „Ja, sicher", bestätigte das Mädchen neunmalklug. Sina führte die Gruppe zu der Schlossgartenfontäne. „Der Schlossgarten gliedert sich in eine Terrasse an der Nordfront des Stadtschlosses, eine Terrasse vor der Orangerie und ein dazwischenliegendes Parterre. Der Residenzgarten geht auf Pläne des Mainzer Baudirektors Maximilian von Welsch aus dem Jahre 1719–21 zurück. Die barocke Anlage wurde erst 1739 fertiggestellt und in kurhessischer Zeit ab 1821 in einen englischen Garten umgewandelt. Dabei ging ein Teil der barocken

Gartenplastiken verloren. Aber die nordwestlich des Residenzschlosses gelegene Gartenanlage kann, dank der fast vollständig erhaltenen baulichen Bestandteile, auch heute noch ihren barocken Ursprung nicht verleugnen."

Sina war mit Feuereifer in ihrem Element; sie erzählte und erklärte mit Leidenschaft und die Zahlen sprudelten nur so aus ihrem Mund.

Der Regen ließ nach und einige der Gäste packten ihre Schirme wieder ein.

Vor uns sehen sie die Skulptur der Göttin der Gartenbaukunst. Die „Floravase" mit 6,80 m Höhe wurde 1728 von Johann Friedrich von Humbach geschaffen. Sie zählt zu den schönsten barocken Gartenplastiken Deutschlands.

Die über der Treppe gelegene – von zwei nach Süden gestaffelten dienenden Pavillons flankierte – Orangerie besteht aus dem Hauptsaal im Mittelteil des Gebäudes mit drei anstoßenden Kabinetten und zwei flankierenden Sälen, in denen im Winter die wertvollen Kübelgewächse geborgen werden konnten. Der Fürstabt war ein absolutistischer Herrscher, das heißt, er wollte sich die Natur zum Untertan machen. So stellte er sich tropische Gewächse in den Schlossgarten, die zum Überwintern in die Orangerie gebracht wurden. Der Name Orangerie kommt von „Orangenbäumen"."

„Ah, oh", konnte man von den mittlerweile wieder interessierten Gästen die Laute vernehmen.

„Das Gebäude wurde zwischen 1721 und 1724 errichtet und für Sommerfeste der Fürstäbte genutzt. Heute wird die Orangerie vom Hotel Maritim betrieben und bietet mit den barocken Sälen, unter anderem dem beeindruckenden Apollo-Saal, den zahlreichen Veranstaltungen einen passenden Rahmen. Die Schlossterrasse auf der gegenüberliegenden Seite entspricht in einer auf die Querachse des Gartens bezogenen Symmetrie der Orangerierterrasse, die über die mit der monumentalen Gartenplastik der Floravase geschmückte Ovaltreppe vom Parterre aus zu erreichen ist." Sina kannte weder Punkt noch Komma.

„Bei schönem Wetter können Sie die Sonne mit Blick auf Schlossgarten und Schloss genießen. Zurzeit ist wohl eine Künstlerausstellung im Gange." Sina verwies auf die Personen, die sich auf der Orangerieterrasse aufhielten und den Abend bei einem guten Glas Wein sichtlich genossen.

Gerade als Sina kurz vor dem Schlossgartenbrunnen mit der wunderschönen Fontäne halt machen wollte, um die Gruppe abschließend auf eigene Entdeckertour zu schicken, ließ plötzlich ein gellender Schrei Sinas Stimme schlagartig verstummen. Die lauten Töne klangen noch lange nach und augenblicklich fing auch die Mutter des neunmalklugen Mädchens hysterisch an zu schreien: „Das war meine Tochter, sie ist nicht mehr hier, ihr muss etwas zugestoßen sein."

Und schon rannte sie in die Richtung, aus der sie die Stimme ihrer Tochter vernommen hatte. Ohne in Panik zu verfallen, so wie sie es nun einmal in der Polizeischule gelernt hatte, redete die besonnene Sina beruhigend auf die Gruppe ein. „Das wird sich sicher alles gleich aufklären. Ich sehe sofort nach, das Mädchen ist vermutlich beim Schlossgartenteich, der ist gleich da drüben." Mit der Hand zeigte sie in Richtung Teich und sprintete gekonnt und immer in Deckung, so wie es sich für eine Polizistin gehört, los.

Und da kam ihr auch schon Fenna, die Mutter im Schlepptau, entgegengelaufen und riss Sina ganz aufgeregt und völlig außer Atem am Ärmel.

Das Mädchen hatte sich tatsächlich still und heimlich von der Gruppe abgesetzt, um selbstständig auf Entdeckungsreise zu gehen.

„Kommen Sie mal mit, ich weiß nicht, ich weiß nicht..." stotterte sie völlig konfus. Sie war völlig außer sich. Was hatte Fenna mit ihren jungen Augen erblickt? Was brachte sie so außer Fassung? Sie ließ den Ärmel der Kommissarin nicht mehr los und zog sie zu einer Stelle, vorbei an dem so ruhig liegenden Teich mit den schönen Fontänen und den am Tag zu beobachtenden Entenfamilien. Fenna stoppte abrupt vor den Rhododendronbüschen und zeigte mit ihrem zitternden rechten Zeigefinger auf die Erde. Vor ihnen lag auf dem nassen Boden, mit einem olivfarbenen Hemd und schicken dunklen Cargo-Shorts bekleidet, im Halbdunkeln ein junger, regungsloser Mann. Die zarte Beleuchtung des Schlossgartenteiches ließ seine Umrisse gut erkennen. Sina kniete sich sofort neben ihn und fühlte am Hals nach seinem Puls, aber sie konnte ihn nicht spüren. Der junge Mann war tot!

Der Regen wurde wieder stärker. Er lief an den Rinnen über und prasselte von den Häusern und vom alten Gemäuer des Schlosses auf die Straßen der Stadt. Die Kanalisation schien überlastet, das Wasser stand auf den Wegen.

Der Schlossgarten schweigt

Hauptkommissarin Seefeld verständigte sofort ihren jungen, smarten Kollegen Mike Langner, Aussehen „Max Giesinger“, per Handy. Sie informierte ihn über ihren unfassbaren Fund. Polizeiautos und Notarzt waren rasch vor Ort. Scheinwerfer erhellten die mittlerweile angebrochene Nacht. Das Tageslicht konnten sie allerdings nicht ersetzen.

Ein großer Teil des Schlossgartens blieb im Dunkeln verborgen. Die Spurensuche verlief durch den Regen nur schleppend und kam einer Katastrophe gleich. Seefeld und Langner hatten sich einen weißen Overall übergezogen, aber auch trotz dieser Vorsichtsmaßnahme gingen beide nicht wirklich davon aus, verwertbare Spuren zu finden. Vermutlich hatten weder der Regen noch die Touristen, die die Leiche entdeckt hatten und ausgiebig auf dem Terrain herumspaziert waren, eine brauchbare Spur übriggelassen. Der Tatort war mit vielen fremden Spuren kontaminiert, sodass selbst für die Kriminaltechnik vermutlich nicht viel herauszuholen war. Die Leiche des jungen Mannes lag mitten in einer langen Reihe von Rhododendronbüschen, so als hätte er nur einen Ort der Ruhe gesucht, einen Platz, an dem er ruhig und friedlich einschlafen durfte, dann aber aus welchen Gründen auch immer nicht mehr aufgewacht war. Das hätte man wirklich annehmen können, wäre da nicht eine blutige Einstichstelle hinter dem linken Ohr zu sehen gewesen. Fenna und ihre Mutter, die den Jungen entdeckt hatten, gingen durchnässt und völlig geschockt und erschöpft zusammen mit den übrigen Teilnehmern der Führung ins kühle, aber trockenen Untere Vestibül des Schlosses, nicht weit vom Fundort gelegen. Ein Team von Sanitätern kümmerte sich um sie.

Jeder kleinsten Kleinigkeit musste nachgegangen werden, jeder konnte irgendetwas gesehen oder gehört haben, deswegen sollten alle bleiben.

„Die Befragung machst du", raunzte Sina.

„Wie sieht das denn aus, erst führe ich die durch die halbe Stadt, erwecke Vertrauen bei den Gästen und dann horch ich die aus. Tolle Führung, echt wahr."

„Ja, schon gebongt, Madame, du bist mal wieder die Chefin, die sagt, wo es lang geht. Stimmt's?", antwortete Mike und zwinkerte Sina keck zu.

„Ja, klar, du siehst ja, ich habe hier noch mit dem Polizeiarzt zu tun. Vielleicht kann der mir schon etwas sagen. Wo ist denn eigentlich unser lieber Kollege Klaro abgeblieben? Wir können hier jede Hand gebrauchen!" Der Mitte vierzig-jährige Polizeibeamte und zum Team gehörende Klaus Faust, der den Spitznamen Klaro trug, fehlte an dieser Stelle.

„Keine Ahnung, der hat auch einen Einsatz, glaube ich; ich konnte ihn auf jeden Fall nicht erreichen, aber du hast doch mich und das ist doppelt viel wert", lachte Mike mit seinem charmantesten Lächeln und stapfte in Richtung Kaisersaal, nachdem er sich von dem lästigen Overall befreit hatte.

Jetzt musste Sina dringend eine Zigarette rauchen. Das machte sie sonst nie nach einer Führung, aber die Ereignisse dieses Tages hatten ihr doch zugesetzt und es handelte sich ja definitiv nicht mehr um eine alltägliche Führung, sondern vermutlich um ein Verbrechen – um einen Mordfall. Wer konnte denn auch annehmen, bei einem ganz normalen Rundgang durch Fulda, bei dem Besucher etwas von der Stadt zu sehen bekommen, sich Wissen aneignen und entspannen möchten, einen solchen Fund machen zu müssen. Selbst Sina war auf diese Situation nicht wirklich vorbereitet.

„Was für ein Zufall!", flüsterte sie kopfschüttelnd vor sich hin. Die Zigarette schnorrte sie sich bei einer Kollegin, die ihr Auto, einen Opel Vectra, in der Einfahrt zum Schlosstheater parkte. Sie lehnte sich gegen das Auto, nahm einen tiefen Zug und versuchte ihre Gelassenheit zurückzuerlangen, was leider nicht gelang. „Shit", das ist doch wieder so ein Fall, den keiner braucht", schimpfte sie nun lauter beim Austreten der Zigarette vor sich hin und lief zurück zum Tatort. Der herbeigerufene Polizeiarzt winkte sofort ab, als er Sina auf sich zukommen sah. Ein sich wiederholendes Ritual, was dieser nicht sonderlich liebte: „Du willst wieder wissen, was hier geschehen ist, aber zum jetzigen Zeitpunkt kann ich dir nur sagen, dass er vermutlich durch die Einstichverletzung gestorben ist und außerdem ist das ja auch deine Aufgabe, herauszufinden, was geschehen ist. Du musst die Obduktion abwarten, wenn es denn eine gibt."

„Super, wenn man so nette Kollegen hat, braucht man doch eigentlich keine Feinde mehr", bemerkte Sina schnippisch. Irgendwie hatte sich heute alles gegen sie verschworen. ‚Vielleicht hätte ich heute etwas andächtiger im Dom sein sollen', schoss es ihr, sich selbst auf den Arm nehmend, durch den Kopf. Sie musste sich auf jeden Fall ihren Humor bewahren, um so für sich einen inneren Abstand herzustellen.

„Komm' sei kein Frosch, irgendetwas kannst du mir doch sicherlich schon sagen", versuchte es Sina hartnäckig.

„Das Opfer, männlich, ist neunzehn oder zwanzig Jahre alt und starb vermutlich zwischen 21.00 Uhr und 22.00 Uhr." Sina schaute auf die Uhr. Jetzt war es 22.30 Uhr.

Die Gruppe und sie hatten den Mord nur knapp verpasst.

„Vielleicht befindet sich der Täter noch in der Nähe und beobachtet uns womöglich.

Die Tat ist noch frisch. Der Tote ist noch warm."

Sina gab den Kollegen sofort per Funk den Auftrag, das ganze Gebiet samt Orangerie mit einem Polizeitrupp abzusuchen und nach dem Täter in der Gegend Ausschau zu halten. Kollege Faust meldete sich zur Stelle und leitete die Maßnahme ein. Die Befragungen aller noch übriggebliebenen Gäste in der Orangerie führte er selbst durch.

„Auszuschließen ist, dass er bei den Temperaturen erfroren ist", antwortete Dr. Peter Flügel – Anfang 50, grau meliertes Haar, sportlicher Körperbau – leicht gereizt und gab bereits eine Antwort auf eine nächstmögliche Fragestellung der Kommissarin.

„Sehr witzig, Herr Kollege, ein natürlicher Tod ist also völlig auszuschließen", antwortete Sina sarkastisch.

„Naja, wenn du Sterben in den Büschen mit Einstichstelle am Hals für einen natürlichen Tod hältst, dann bitte schön, möglich ist ja alles."

Sina rollte mit den Augen. Dr. Peter Flügel hatte ihr immer noch nicht verziehen, dass sie vor einem Jahr die Beziehung mit ihm beendet hatte. Er hatte leider nicht die Größe, seinen gekränkten Stolz auf die Seite zu schieben. ‚Wie blöd muss man denn eigentlich auch sein, was an der Arbeit anzufangen', schoss es ihr durch den Kopf.

Aber auch das tat jetzt nichts zur Sache. Eitelkeiten halfen dem Toten auf jeden Fall nicht mehr weiter, und ihr und der Klärung des Falls schon gar nicht.

„Also könnten auch eventuell Drogen im Spiel sein", sagte sie mehr zu sich, in der Hoffnung, Peter würde darauf eine eventuelle Antwort geben. Weit gefehlt. Keinerlei Reaktion zeigte der Polizeiarzt und Sina fiel plötzlich wieder blitzartig ein, warum das mit ihnen nicht funktionieren konnte.

Der Tote lag noch immer im Gebüsch, so wie sie ihn gefunden hatten, so als würde er ganz selig schlafen. Das Blut aus der Einstichstelle war durch den starken Regen wie weggewaschen. Beim zweiten Hinschauen fand sie, sah er sogar einem Engel ähnlich, so wie er dort lag. Es hatte sich jemand die Mühe gemacht, ihm die Augen zu verschließen, die Hände lagen wie bei einem Toten im Sarg übereinander, gefaltet. Merkwürdig.

Der Regen hatte aufgehört.

„Lasst mich mal mit ihm zehn Minuten allein."

Jetzt war es Dr. Flügel, der die Augen verdrehte. „Du und deine

Meditation bei den Toten. Glaubst wohl immer noch, die Lösungen würden dir von oben zufliegen."

„Immer noch besser, als gar nichts zu glauben", konterte Sina. Jetzt reichte es ihr wirklich. Dazu kam noch die fortgeschrittene Zeit. Sollte Peter doch seine schlechte Laune auslassen, an wem er wollte. Aber bevor er sich weiter mit ihr behängte, pfiff er seinen Assistenten zu sich und verschwand zu einer spätabendlichen Kaffeepause.

Ihr Chef hatte Sina gelehrt, den Tatort sprechen zu lassen, ihm die nötige Zeit und Ruhe zu schenken und so setzte sie sich auf das feuchte Gras und blinzelte in die Nacht.

Die Gefahr, dass ihre neue Jeanshose Grasflecken davontragen würde, war durch den übergezogenen weißen Overall nicht gegeben. Ein junger Mann war offensichtlich getötet worden, ein junger, attraktiver Mann. Seefelds Blick wanderte zu dem Toten, von dem sie keine Ahnung hatte, wer er war, sie blickte zu allen Seiten und dann auf den Teich, der vor ihr lag. Nichts. Da war nichts, gar nichts. Keinerlei Inspiration, der Tatort sprach kein Sterbenswort. Es herrschte absolute friedliche Stille. Der Tote sah wirklich aus wie ein Himmelsbote. Sina fragte sich: War es ein Raubmord oder vielleicht ein heimtückischer Mord aus Liebe oder Eifersucht? Aber das wusste niemand im Moment und die Antworten mussten erst ermittelt werden. Dieser Ort war so idyllisch und verträumt, ein Platz, an dem so viel Zauber und Schönheit lag. Sina ließ ihren Blick wieder über die Leiche wandern. Man sah dem toten Körper an, wie viel Energie und Lebenskraft noch bis vor wenigen Stunden durch ihn geströmt war. Sina schaute auf die feuchten, hellbraunen, gewellten Haare, die er nie mehr lässig aus seinem Gesicht nehmen würde, einen schön geformten Mund, der nie mehr lachen oder küssen würde. Sicherlich handelte es sich hier um einen jungen Mann, den die Frauenwelt sehr begehrte, da war sich Sina sicher. Um seinen Hals trug er eine schlichte Kette mit einem etwas größeren roten Kreuz. Sina umfasste es vorsichtig mit ihren Handschuhen. Auf der Rückseite des Kreuzes stand: „Gott sei mit dir."

Der Fundort sah beinahe so aus, als hätte ihn jemand bewusst für diese Tat ausgewählt. Der Tote lag wie ein Kunstwerk zwischen den Rhododendren, die schon abgeblüht waren. Vielleicht war er Künstler, schoss es Sina durch den Kopf. Er lag tot an einem Ort, der für sie immer das Herz des Barockviertels war, mitten im schönen Schlossgarten, nicht weit vom Dom und der Bonifatiusgruft entfernt.

Ihre Gedanken schweiften zu weit ab und wiederholten sich. Sie blieb noch eine ganze Weile neben der Leiche sitzen, doch der Tatort behielt sein Geheimnis für sich, so wie der Schlossgarten auch, zumindest fürs Erste.

Im Dunklen näherte sich die etwa gleichaltrige Jana Schröder.

„Habt ihr etwas entdeckt?", rief Sina ihrer Kollegin zu.

Jana Schröder leitete die Spurensicherung und war eine exzellente Ermittlerin.

„Ja, das kann man so sagen", sagte sie und winkte Sina zu sich, die sich gekonnt sportlich-elegant aus ihrer Position erhob und genauso sportlich-agil Jana entgegenging.

Diese hatte sich in einen etwas zu kleinen weißen Overall gequetscht und hielt einen Plastikbeutel in der Hand. Sina zog sich erneut die weißen Handschuhe über und schälte das Etwas aus dem Beutel.

„Na, was haben wir denn da?", fragte die Kommissarin neugierig und sah zerfledderte Blätter, die aus einem alten Buch stammen mussten.

„Komm mit!" Die kleine, etwas pummelige, dunkelhaarige Schröder zog die motivierte Seefeld mit sich, stapfte voran, auf einen Bilderrahmen, nicht weit vom Tatort entfernt, zu. Die SpuSi (Spurensicherung – bezeichnet sowohl die forensische Tätigkeit der Sicherung kriminalistisch relevanter Spuren wie auch den hiermit beauftragten Erkennungsdienst) hatte das Areal mit einem Plastikband abgesperrt.

„Ein Tatort mit einem plötzlichen Gewitter und Regen ist ein einziger Albtraum, aber wir sind halt schon echt gut", lobte sich Jana selbst. Sie zeigte auf den Boden schräg unterhalb des Rahmens neben einer Bank.

„Da lagen die Zettel und so eine Art Liedtext. Das Lied kann man noch gut entziffern. Eine braune leere Tasche haben wir im nahe gelegenen Mülleimer gefunden; die müssen wir auf Spuren untersuchen." Schröder war eine für ihre Genauigkeit berüchtigte Polizistin, eine Eigenschaft, die ihr bei der Spurensicherung zugute kam. Ihr entging an einem Tatort nicht das geringste, was von Bedeutung sein konnte.

„Lass mal sehen, ach du meine Güte, da war aber jemand ein echter Fan."

Sina sah sich den Liedzettel etwas genauer an. Sie hätte das Lied zwar singen können, ließ es aber wohl wissend lieber bleiben:

Bonifatiuslied (1. Strophe)

Wie heilig hast du, Gottesfreund,
hier nach dem Heil gestrebet,
wie selig bist du dort vereint,
mit Gott, dem du gelebet,
nun schaust du Gottes Herrlichkeit
in himmlischer Zufriedenheit.

Für uns, die wir noch ringen, nach unserm Heil im Erdental,
bitt' Gott, dem wir hier singen, dort in dem großen Himmelssaal,
o heil'ger Bonifatius!

Und auf den Zetteln konnte man noch verschwommene Bibeltexte erkennen.

„Naja, ob diese Blätter wirklich etwas mit unserem Toten zu tun haben, müssen wir erst noch ermitteln. Das kann doch jeder dort verloren haben. Schließlich sind wir hier im Schossgarten, der nun einmal öffentlich begehbar ist und der Dom ist gleich gegenüber. Es wundert mich sowieso, dass niemand vor uns den Toten entdeckt hat."

„Vermutlich haben die Leute gedacht, der schläft wirklich nur oder es war schon zu duster", gab Jana zur Antwort. „Oder es hat niemanden interessiert, dass er da liegt", fügte Sina mit gehobenen Augenbrauen hinzu.

„Wir müssen diese Papiere natürlich im Labor noch genauer untersuchen lassen; vielleicht können wir ja Fingerabdrücke ausmachen, die auch am Toten zu finden sind. Vielleicht haben wir einfach mal Glück und der Fall ist ganz schnell gelöst."

„Bei meinen Überstunden wäre das doch wirklich mal ein Glücksfall. Eigentlich habe ich nächste Woche Urlaub, auf den ich mich echt gefreut habe", betonte Sina. „Ich wollte endlich mal nach Rom fliegen. Das kann ich mir jetzt wohl abschminken. Wunder geschehen halt doch meistens woanders."

Sina und Jana waren schon seit Jahren befreundet und es gab kaum etwas, was die eine nicht von der anderen wusste.

„Ich lasse sie sofort auswerten", versprach Jana, aber klang auch nicht sehr optimistisch. Sie drückte Sina für ihre Ermittlungen noch die frischen Fotos von der Leiche in die Hand.

„Und ich gehe dann mal zu Langner in den Kaisersaal, der lässt sich ja gar nicht mehr blicken. Außerdem gibt es für mich hier eh nichts mehr zu tun und außerdem ist auch der Feind zurückgekehrt."

Sina zwinkerte Jana zu und ließ den Blick zu Dr. Flügel schweifen, der sich wieder am Tatort an die Arbeit gemacht hatte. Jana konnte ein breites Grinsen nicht verbergen. Sie verstand ohne große Erklärungen die Andeutungen ihrer Freundin nur allzu gut.

„Naja und vermutlich hat unser übermotivierter Langner schon einen Täter ausfindig gemacht", frotzelte Sina, drückte Jana kurz zum Abschied und verschwand in Richtung Stadtschloss.

„Pass auf dich auf und nimm dich vor der Männerwelt in acht", rief ihr Jana noch nach.

„Ja, ja, du weißt doch, ich habe beschlossen ins Kloster zu gehen."

„Du weißt doch, die wollen dich da gar nicht haben", antwortete Jana lachend.

Am Polizeiauto angekommen, befreite sich Sina von dem weißen Overall. Sie fühlte sich sichtlich wohler in ihrem engen blau verwaschenen T-Shirt und ihrer stramm sitzenden Jeans, die ihre weiblichen Kurven bewusst betonte. Sie strich sich ihre blonde Lockenmähne aus dem Gesicht. Die nächtliche Hitze machte auch ihr trotz des heftigen Gewitters immer noch zu schaffen. Mit einem Haargummi band sie kurzerhand ihre Mähne zu einem Zopf zusammen. Mittlerweile war es kurz vor Mitternacht.

Stumme Kaiser

„Um Himmels willen, der Konrad!", rief Frau Spahl, als ihr Hauptkommissarin Seefeld das Foto des Toten unter die Nase hielt. Frau Spahl, eine ältere, rundliche, dauergewellte Dame, verkaufte im Eingangsbereich des Stadtschlosses, im Unteren Vestibül, das von zwei Säulen getragen wurde und als Ausgangspunkt des repräsentativen Haupttreppenhauses diente, die Eintrittskarten für die Führungen der Stadt. Zugleich bot dieses Vestibül Zugang zum Kaisersaal, in dem sich mittlerweile Langner und die Gruppe befanden.

Frau Spahl machte an den Sommerabenden Überstunden, das Angebot der Abend- und Nachtführungen wurde von der Bevölkerung und den Gästen gut angenommen. Heute musste Frau Spahl notgedrungen noch mehr Überstunden in Kauf nehmen. Sina Seefeld und Frau Spahl kannten sich von den Führungen, aber Frau Spahl kannte Sina natürlich nur als übereifrige Stadtführerin und nicht als energische Polizeibeamtin. Sie hatte sichtlich ihre Mühe, die Stadtführerin in eine Polizistin umzuwandeln.

„Konrad Kaufmann kommt aus der Petersberger Straße und wohnt gar nicht so weit von mir entfernt. Mein Sohn und er waren mal vor Jahren befreundet. Sie gingen in eine Klasse."

‚Kommissar Zufall hatte zugeschlagen und Langner zappelte sich vermutlich noch im Kaisersaal mit seinen Befragungen ab', dachte sich Sina insgeheim.

„Ist der Konrad etwa, ja ist der etwa … auf dem Bild ist er so blass und da ist auch Blut."

„Ja, Frau Spahl, der Junge ist eben tot aufgefunden worden. Mehr kann ich Ihnen zum derzeitigen Zeitpunkt nicht sagen. Bitte behandeln Sie diese Nachricht vertraulich, die Eltern des Jungen sind noch nicht informiert."

„Pah, die Eltern, ist ja kein Wunder, dass dem Jungen mal etwas zustoßen musste.“

Frau Spahl wirkte zwar immer noch betroffen, aber jetzt vor allem wütend.

„Wie meinen Sie das, Frau Spahl? Können Sie mir noch mehr sagen?“

„Der Vater wohnt schon lange nicht mehr bei der Familie und die Mutter ist sehr speziell, sie hatte zumindest früher oft wechselnde Partnerbeziehungen, wenn Sie wissen, was ich meine. Viel mehr kann ich Ihnen auch nicht erzählen. Der Konrad hat, oder besser gesagt hatte, gerade mit einer Ausbildung als Florist im hiesigen Blumengeschäft Kohl begonnen, als ich ihn das letzte Mal gesehen und gesprochen habe. Wie schon gesagt, mein Sohn war mal mit ihm befreundet gewesen. Ein netter, feiner Kerl war er immer, der Konrad. Jetzt ist er tot.“

Sina bemerkte sofort, dass Frau Spahl dichtgemacht hatte. Sie wollte offensichtlich nicht zu viel sagen. Aber dieses Phänomen kannte Sina von den Menschen, die ins scheinbare „Kreuzverhör“ geraten waren. Nur nicht irgendwo hineingezogen werden, wo man doch Schwierigkeiten schon im Ansatz erkennen kann. Sina bedankte sich bei Frau Spahl, wünschte noch eine gute Nacht und öffnete die Tür des Kaisersaals, dessen steile Treppe zu den Portraits der Habsburger Kaiser führte.

Und so wie es Sina schon vorausgesagt hatte, stand mitten im Kaisersaal ihr gutaussehender Kollege Langner, so dynamisch wie der Mann in der Rasierschaumwerbung, und führte seine Befragungen mit jedem der Teilnehmenden einzeln in der rechten Hälfte des großen Saales durch. Einige der Gäste hatte er schon verabschiedet.

Das Mädchen Fenna, die den Leichnam als Erste entdeckt hatte, erzählte in allen Details, wie sie erst undeutlich etwas Fremdes hinter den Büschen gesehen und wie sie sich dann ganz locker und leicht zu der Leiche gepirscht habe. Sie war Hauptzeugin. Ihre Mutter streichelte der Jugendlichen während ihrer Schilderung unaufhörlich über den Rücken, was diese aber ganz und gar nicht als so angenehm und altersgerecht empfand.

Die Gruppe, die aus Hamburg kam, konnte in dem Fall nicht wirklich weiterhelfen, wie auch? Sie hatten nichts mit dem Jungen zu tun, und gesehen hatte auch niemand etwas, weder Tat noch Täter. Es fiel Mike schwer, das auf sich beruhen zu lassen, das Wesentliche vom Unwesentlichen zu trennen und Sina verstand an manchen Tagen wirklich nicht, warum sich Mike diesen Beruf ausgesucht hatte. Als Bankangestellter wäre er vermutlich besser aufgehoben gewesen, auch wenn er mit seinen lockeren aufgesetzten Sprüchen seinen Polizeikollegen das Wasser reichen konnte. Aber auch diese Marotte hatte Sina längst durchschaut. Außen cool und hart und innen ganz weich und verletzlich. Außerdem hatte sie schon lange bemerkt, dass sie für Mike mehr als nur eine Kollegin war.

Aber dieses Gefühl konnte und wollte sie derzeit nicht erwidern.

Sina fackelte nicht lange herum und bereitete der Vorstellung im Kaisersaal ein Ende, so wie es sich eben für eine gute verantwortungsbewusste Gästeführerin, aber auch Kommissarin gehörte. Schließlich war es ihre Gruppe und es war wirklich spät genug. Sie war es gewesen, die diese Menschen durch die Stadt geführt und zusammen mit ihnen die Leiche entdeckt hatte. Dabei wollte die Gruppe nur Wissenswertes von dieser geschichtsträchtigen Stadt mit nach Hause nehmen. Jetzt standen alle unter Schock, was nicht mehr zu ändern war. Ihren Kollegen Mike, der sich mit seinen markanten Gesichtszügen und verschränkten Armen vor der Brust polizeigerecht platziert hatte, schob Sina gekonnt etwas in den Hintergrund. Er schaute zwar verdutzt drein, ließ aber Sina gewähren. In ihren Händen war er sprichwörtlich Wachs und einen Spruch hatte er um diese Uhrzeit gerade nicht auf den Lippen. Das immer noch aufgeregte Mädchen Fenna und ihre auch von den Ereignissen überforderte Mutter wurden von der einfühlsamen und erfahrenen Polizeibeamtin Birgit

Meister ins Hotel gebracht. Bei der kleinen Biggi, die ihre roten Haare kurz und frech in alle Himmelsrichtungen gestylt trug, waren beide bestens aufgehoben. Das hatte Langner organisiert. Sina dankte den noch Anwesenden und verabschiedete sich, wohl wissend, dass ihr Kollege all ihre Personalien bereits aufgenommen hatte.

Gekonnt lenkte sie noch auf den Kaisersaal, der sala terrena des Schlosses, der den Gartensaal darstellte und seinen Namen tatsächlich den Portraits der Habsburger Kaiser zu verdanken hatte. „Mit den zu öffnenden Türen gelangte man wunderbar damals auf die Kaisersaalterrasse und somit in den Schlossgarten.“ Das Mondlicht leuchtete zwischen den Kunstelementen von draußen einladend in den Saal. Aber in den Schlossgarten wollte heute Nacht niemand mehr und all die sonst sicherlich wertvollen Infos interessierten in dieser Nacht absolut niemanden mehr. Und auch die „Kaiser auf den Portraits“ im Saal schliefen anscheinend. Sie blieben stumm, auch wenn Sina ihnen noch einen netten Blick zuwarf.

„Respekt, Kollegin“, lobte Langner Sina, nachdem er mitbekommen hatte, wie schnell diese die Identität des jungen Mannes herausgefunden hatte.

„Gekonnt ist gekonnt“, gab sie angeberisch zur Antwort, auch wenn der Sachverhalt einzig und allein dem Zufall zuzuschreiben war.

Sina hatte sich für Mitte dreißig noch sehr gut gehalten und konnte mit dem dreißigjährigen Mike locker mithalten. Er ließ Frauenherzen höherschlagen: Groß, durchtrainiert, sportlich, schickes Outfit, dunkle Haare und dunkle Augen. Er hatte Charisma. Eigentlich ganz Sinas Typ, aber nur eigentlich.

Ihm sah man den Stress seiner Arbeit bisher lediglich an seinen Sorgenfalten auf der Stirn an.

Sina dagegen wirkte auf ihre Art und Weise wie eine schöne Fürstin, die sich von Zeit zu Zeit auf Irrwegen in der Unterwelt fortbewegte und ab und zu sprichwörtlich Haare auf den Zähnen hatte. Vermutlich konnte sie diese Ausstrahlung durch gut entwickelte Ablenkungstechniken und Humor aufrechterhalten, obwohl es manchmal ganz anders in ihr aussah. Auch traurige, melancholische Züge gehörten zu ihrem Charakter.

„Gute Gene", pflegte sie auf Komplimente aller Art charmant zu antworten. Nur in letzter Zeit bereitete auch ihr der Job Stress, was sich durch Schlafstörungen und -entzug bemerkbar machte.

Sie hatte das Opfer nicht gekannt, aber als sie hörte, dass Konrad Kaufmann aus Fulda stammte, kam es ihr so vor, als ob er ihr das eine oder andere Mal über den Weg gelaufen war. Alles nur Einbildung? Vielleicht.

Die Suche nach dem Täter blieb in der Nacht erfolglos.

„Es reicht jetzt, wir können sowieso im Augenblick nichts mehr tun", stellte Sina nach Stunden der weiteren Spurensuche und den Ermittlungen im Schlossgarten sowie des Umfeldes fest und fuhr, so wie die anderen Polizeibeamtinnen und -beamten, für ein paar Stunden nach Hause. Telefonisch konnten sie in der Nacht sowieso niemanden mehr erreichen. Und in der Petersberger Straße wohnte Herr Kaufmann auch nicht mehr; die neue Adresse musste recherchiert werden. Es wurde schon langsam hell.

Seiltänzerin

Über fünfzehn Jahre arbeitete sie nun schon als Polizistin; seit etwa fünf Jahren war sie bei der Fuldaer Polizei, nachdem sie sich spontan in einer Nacht- und Nebelaktion entschieden hatte, in die bezaubernde Barockstadt zu ziehen. Sie hatte ihre Ausbildung und ihren beruflichen Aufstieg in Frankfurt geschafft. Der Trennung von ihrem Ex-Mann Frank, einem angesehenen Rechtsanwalt der Stadt Frankfurt, aber auch dem Unfalltod ihrer Eltern vor sechs Jahren schrieb sie es zu, in das ruhige, verschlafene – so dachte sie zumindest – Fulda, in die Mitte Deutschlands, gezogen zu sein. Sie brauchte eine Auszeit von den Erlebnissen. Ihr Leben war zusammengebrochen. Alles, was ihr wichtig gewesen war, hatte sie verloren. Aber sie war eine Kämpfernatur. Das behauptete sie von sich selbst und neue Luft zum Atmen war genau das, was sie brauchte. Sina war froh, vorerst aus Frankfurt und dem „Sumpf" herausgekommen zu sein. Sie hatte in Frankfurt eine leitende Funktion im Rauschgiftdezernat, K 30. Hinter ihr lagen aufreibende Erfahrungen mit Betroffenen und deren Drogenproblemen. Fulda stellte eine Chance für sie dar. Hier konnte sie sich ein neues Leben aufbauen. Sina war Single und das machte ihr nicht allzu viel aus, denn sie konnte gut allein sein. Sie hatte ihre Arbeit und das reichte bis auf Weiteres.

Im Städtchen Fulda leistete Sina eine gute Arbeit, die sie zwar Tag für Tag aufs Neue und ganz anders als in Frankfurt herausforderte, der sie aber mittlerweile auch durch ihre lange Berufserfahrung etwas hatte abstumpfen lassen. Trotzdem machte sie einen guten Job im Polizeipräsidium Osthessen, bei dem sie nicht wusste, ob sie den Tag gut überstehen würde. Sie hatte es beruflich zu etwas gebracht, war die angesehene Persönlichkeit in der Stadt Fulda. Sie hatte sich von ihrem Mann getrennt, weil er auf Kinder drängte, die Sina in diesem Beruf nicht haben wollte. Und ein anderer Beruf kam für sie nicht infrage. Natürlich spielten auch noch andere Probleme für die Trennung eine Rolle. Man hatte sich – wie man so schön sagt – auseinandergelebt, die Interessen gingen zu weit auseinander. Keiner wollte nach- und abgeben. Beide Karrieren spielten eine übergeordnete Rolle. Zwei Rosen zerstechen sich nun einmal irgendwann, weil beide gesehen und gepflegt werden wollen. Den Job „Gärtnerin/ Gärtner" wollte von beiden niemand innehaben.

Sie hatte vermutlich mehr von ihm erwartet, als er geben und leisten konnte. Gerade nach dem Unglück ihrer Eltern hatte sie Halt gesucht und Unterstützung gebraucht, aber der überaus korrekte Frank konnte ihren Bedürfnissen und Ansprüchen nicht gerecht werden.

Sina hatte sich nach all ihren Erfahrungen und Erlebnissen ihre eigene Meinung gebildet, von der sie auch niemand abbringen konnte: Kein Mensch, vor allem kein Mann, konnte längerfristig mit einer Frau wie ihr klarkommen. Vielleicht waren viele Probleme zusätzlich entstanden, weil ihr Ex-Mann ganz streng nach dem Gesetz handelte – genau wie sich auch Sina daran halten musste. Aber da gab es für sie einen kleinen Unterschied. Sina betrachtete die Dinge nicht nur auf Papier oder vor Gericht, sondern sie sah sie live – in natura. Und das pulsierende Leben sah in Wirklichkeit ganz anders aus als in den Akten. Unendlich viele Diskussionen hatten die Eheleute darüber geführt. Sina musste immer wieder von Fall zu Fall neu entscheiden. Oft war sie von der Gesetzgebung gezwungen, nach den Vorschriften zu handeln. Aber sie war auch noch ein Mensch mit Herz und Verstand, auch wenn das manchmal nicht den Anschein hatte. Oft musste sie spontan auf Situationen reagieren und dann entsprechend agieren.

Sie hatte gelernt, Probleme anzusprechen; sie musste die Sachlage beurteilen und anschließend von Fall zu Fall entsprechend folgern. Das hatte sie ganz gezielt auf der Polizeiakademie gelernt.

Sie bewegte sich im Grenzbereich und manchmal kam sie sich vor wie eine Seiltänzerin, die aufpassen musste, nicht abzustürzen. Die Gefahr war groß, in eine andere Welt abzutauchen. Sie schaute Tag für Tag in diese Welt, die für sie zur Normalität geworden war. Die Frage, die sich stellte: Was ist eigentlich richtig und was ist falsch? Liegt das nicht im Ermessen eines jeden Einzelnen? Und kommt es nicht immer auf den jeweiligen Blickwinkel an?

Sina fühlte sich in der Mitte ihres Lebens – daran änderten ihre verworrenen Lebensumstände nichts. Sina Seefeld – eine Polizistin durch und durch – ehrgeizig und willensstark, taff und sexy, sodass ihre Chancen bei den Männern nicht abrissen. Diese hilfsbedürftigen Wesen fielen immer wieder aufs Neue auf sie herein. Das war Sina sehr wohl bewusst.

Wenn jemand Fälle knacken konnte, dann sie. Seitdem Sina im Polizeipräsidium ermittelte, war die Aufklärungsrate in die Höhe geschnellt und hatte die Polizei in Osthessen in gute Schlagzeilen gebracht. „Aufklärungsrate so hoch wie nie", stand in der hiesigen Presse. Aber was brachte ihr diese Tatsache? Sie konnte damit höchstens ihre Eitelkeit und ihr Selbstwertgefühl befriedigen.

Mit ihrem antrainierten Sportwahn stählte sie ihren Körper und hielt sich fit. Wie eine Sucht brauchte sie den Sport in ihrem Leben. Jeans und T-Shirt waren ihre Markenzeichen. Nie durfte die Sonnenbrille fehlen, auch wenn es in Strömen regnete. Frech steckte sie diese oft in ihre Haare.

Jede Straße und jeder Winkel dieser Stadt waren ihr mittlerweile vertraut. Jede dunkle Ecke, jedes düstere Gebäude hatte sie bereits von innen sowie von außen genaustens inspiziert.

Sie lebte in einer kleinen Eigentumswohnung in der Stadt. Nach der Scheidung und dem plötzlichen Tod ihrer Eltern war sie vermögend und so legte sie das Geld mit dieser schönen Immobilie sicher an. Die Wohnung an der Tränke passte hervorragend auf ihre Bedürfnisse, auch weil sie jeden Tag ihr Joggingprogramm in der Fulda-Aue absolvieren und die Natur genießen konnte. Ihr war bewusst, dass sie mit ihrer an den Tag gelegten Art und Weise an einem normalen Familienleben nicht wirklich teilnehmen konnte. Das wollte sie im Moment auch nicht. Sie existierte für ihre Arbeit und sie würde auch irgendwann dafür sterben. Sie lebte schon seit Jahren mit dem Gefühl, einen unnatürlichen Tod sterben zu müssen. Ihr Handy war immer im Dienst, so wie sie. Und wenn auch nur der Ansatz einer aussichtslosen Ermittlung im Raum lag, wurde Sina gerufen. Darauf war sie stolz. Sie suhlte sich gerne in „Anerkennung". Sie war gefragt und begehrt, Scharfschützin und Ermittlerin mit der sichersten Trefferquote. Die Staatsanwälte schätzten sie, auch wenn sie gerne ihre eigenen Wege ging. Jeder Bericht von ihr war detailliert, haarscharf und zielsicher, eben genauso wie sie selbst.

In Fulda fühlte sie sich pudelwohl.

Die Stadt hatte alles zu bieten, was sie zum Leben brauchte. Das Fach Geschichte lag ihr am Herzen und vor ihrer Ausbildung zur Polizistin hatte sie lange über ein Studium in diesem Fachgebiet nachgedacht. Aber sie entschied sich, zur Polizei zu gehen, ein Beruf, der ebenfalls Geschichte schrieb, und zwar die der Menschen. In ihrer wenigen Freizeit nahm sie gerne die eine oder andere Stadtführung des Tourismusbüros entgegen. Genau das bot für sie den idealen Ausgleich zu ihrem aufreibenden Job. Schon nach kurzer Zeit war sie aufgrund ihres geschichtlichen Fachwissens sehr angesehen. Sie hatte eine Begabung Bücher quer zu lesen, um sich so die wichtigsten Informationen in Kürze zunutze zu machen – eine Leidenschaft, die ihr besonders lag.

So hatte sie sich ihre eigene Welt aufgebaut, in der sie sich gerne und oft aufhielt und in der ihr niemand zu nah kommen konnte – eine Scheinwelt, in der sie sich eben sicher fühlen konnte. Nähe hatte etwas Bedrohliches für sie. Beziehung setzte sie gleich mit „Verlieren" und sie wollte nichts mehr verlieren und auch nichts mehr von sich hergeben. Nur ihr getigerter Kater Harry Potter schaffte es, ihren Schutzwall zu durchbrechen. Wie ähnlich sich die beiden doch waren! Mit ihm konnte sie stundenlang schmusen und ihm ihre geheimsten Sehnsüchte und Wünsche mitteilen. Er verstand sie, er gab ihr auch keine Widerworte, auch wenn er seinen eigenen Kopf und seine eigenen Pläne hatte. Das gefiel Sina. Außerdem war er manchmal so wunderbar schutzbedürftig, anhänglich, aber eben auch freiheitsliebend. Sie hatte für ihn extra eine Katzenklappe in die Balkontüre einbauen lassen, sodass Harry Potter gekonnt ein- und ausgehen und so seinem Instinkt und Gespür nach Herzenslust folgen konnte. Warum sollte es ihm auch anders gehen als ihr? Auch sie war frei, konnte tun und lassen, was sie wollte, wenn sie nicht gerade zum Einsatz gerufen wurde.

In dieser Nacht wollte Harry Potter nicht ausgehen. Auf Samtpfoten schlich er zu Sina und sprang auf ihren Schoß. Er und vor allem Sina brauchten eine Mütze voll Kuscheleinheiten. Der Kater reichte ihr dafür völlig aus.

Schein oder Sein

Der Himmel schien heute gnädiger gestimmt, die grauschwarzen Gewitterwolken vom Vortag hatten sich aufgelöst. Fahle Sonnenstrahlen zerschnitten den Frühnebel. Diese versprachen erneut einen sehr heißen Tag.

Schon am frühen Morgen fuhr Seefeld mit Langner in die Leipziger Straße und klingelte an der mutmaßlichen Wohnungstür des Opfers. Die Adresse von Konrad Kaufmann konnte eine Mitarbeiterin im Polizeipräsidium computertechnisch ermitteln. Seinen Personalausweis hatte der junge Mann nicht umändern lassen; auf diesem war immer noch die Petersberger Straße vermerkt. Der Tote lebte angeblich zusammen mit seiner Freundin in einer WG und unter der Klingel befand sich ein Papierschild mit der Aufschrift „Kaufmann und Römer".

Trotz des Gewitters lag noch immer eine unerträgliche Hitze in der Luft.

Seefeld klingelte mehrmals und blickte ungeduldig zur Tür, als diese Sekunden später geöffnet wurde. Eine Frau Mitte zwanzig stand im Türrahmen. Ihre kurzen Haare hatte sie schwarz-lila gefärbt, sie war eine auffallende Erscheinung, gut geschminkt und ihre Haut wirkte angenehm sonnengebräunt. Bekleidet war sie mit einem kurzen, engen schwarz-weißen Sommerkleid. Ihre modernen, weißen, offenen Pumps zeigten auffallend funkelnde Fußnägel, die genauso lilaschwarzfarben waren wie ihre Haare. Gewagte Aufmachung, die schon etwas hatte, fand Sina. Das Mädel konnte sich wirklich sehen lassen, figürlich ein absoluter Hingucker. Die Frau machte den Anschein, als wäre sie gerade im Aufbruch; sie hatte bereits ihre passende Handtasche im lila-weißen Designermuster lässig um die Schulter geschwungen, aber egal, was sie vorhatte, das musste jetzt erst einmal warten.

Sina erkannte mit ihrem geschulten Auge genau, wann es sich bei teuer aussehenden Dingen in Wirklichkeit nur um Imitate handelte. Und bei dieser Tasche handelte es sich definitiv um eine Nachahmung.

„Guten Morgen, wir müssen mit Ihnen reden. Es geht um Konrad Kaufmann. Das ist doch seine Adresse?"

„Ich muss heute früher an die Arbeit. Stören Sie mich jetzt hier, um mich das zu fragen? Natürlich wohnt hier Konrad. Er ist aber nicht da, keine Ahnung, wo er ist, um gleich Ihre vermutlich nächste Frage zu beantworten. Wer sind Sie überhaupt?"

Die junge Frau warf den beiden einen wütenden Blick zu. Seefeld zeigte ihren Dienstausweis und stellte ihren Kollegen Mike Langner und sich höflich, aber bestimmt vor.

„Sind Sie Frau Römer? Können wir reinkommen?"

„Ich bin nicht Frau Römer, sondern Tanja Kaufmann, Konrads Schwester, und wenn Sie mich ehrlich fragen, mir passt Ihr Besuch jetzt gerade so gar nicht. Karin, also Frau Römer, ist auch schon an der Arbeit, glaube ich zumindest. Hat Konrad was ausgefressen?"

Sie machte den beiden Beamten unwillig Platz und ließ sie eintreten. Über eine geflieste Treppe führte sie die Polizeibeamten in den ersten Stock in die WG-Wohnung, die durch den großen Raum, den man betrat, sehr einladend und offen wirkte. An der Wand hingen künstlerisch gestaltete Bilder sowie bunte Fotoaufnahmen mit unterschiedlichen Motiven. Ein großes, schwarzes Sofa stand auf der rechten Seite, daneben eine Regalwand, auf der sich allerlei befand: Bücher, Karten, eine Klangschale, Duftlampen, ätherische Öle und eine Wasserpfeife, von der man nicht sagen konnte, ob sie benutzt wurde oder nicht. Auf der gegenüberliegenden Seite des Raumes standen ein Esstisch und vier Stühle. Die Türen zu den anderen Zimmern waren geschlossen.

Sina fielen die Narben auf der Innenseite der Arme und die leer wirkenden Augen der jungen Frau auf.

„So, da Sie nun in unserer Wohnung sind, was gibt es denn jetzt so Eiliges?"

„Frau Kaufmann, wir haben eine schlechte Nachricht für Sie. Ihr Bruder ......", Sina kam ins Stocken.

„Was ist mit Konrad?", unterbrach sie Tanja Kaufmann nun mit sehr offenen Augen.

„... Ihr Bruder ist gestern Abend gefunden worden. Im Schlossgarten. Er ist tot."

Die junge Frau ging im Raum auf und ab, bis sie sich schließlich auf einen Stuhl niederfallen ließ. Mehrere Sekunden vergingen, in denen sich niemand in dem Wohnraum bewegte. Seefeld und Langner fanden keine passenden Worte. Das waren die Momente, die beide so sehr hassten. Überbringen von schlechten Nachrichten war der bitterste Job, den man sich vorstellen konnte, denn man wurde immer und ewig mit diesen in Verbindung gebracht. Da konnte man machen, was man wollte. Sina war zwar feinfühlig, aber sie empfand sich als unfähig, Todesnachrichten in einer angemessenen Art und Weise überbringen zu können. Aber gab es dafür überhaupt eine angemessene Vorgehensweise? Man blieb im Gedächtnis der Menschen so wie ein Sensenmann. Sie musste auf der Sachebene bleiben, emotional konnte kein Mensch solche Aufgaben lange aushalten. Und seit dem unnatürlichen Tod ihrer Eltern erinnerten sie gerade solche Situationen immer wieder an ihr eigenes Trauma. Aber Sina wusste auch unbewusst, dass die Konfrontation mit solchen Nachrichtenübermittlungen auch eine Chance sein konnte, ihr eigenes Schicksal irgendwann entsprechend verkraften zu können, denn an eine gänzliche Heilung dieser tiefen Wunde glaubte sie nicht. Das musste auch nicht sein, denn genau diese Wunde hatte sie so geprägt und ihre Entwicklung gefördert.

Vielleicht war sie aber auch manchmal bei diesen Übermittlungen schon zu abgebrüht.

Der Tod machte ihr keine Angst mehr, weder privat noch beruflich. Manchmal war er doch eine Erlösung.

Schließlich fingen die Hände von Tanja Kaufmann an zu zittern, sie tastete auf der Tischplatte entlang, als würde sie etwas suchen, das es aber auf dem leeren Tisch nicht gab. Ihr Gesicht wirkte blass, ihre Schminke verlor ihre Wirkung, eine Maske schien zu fallen. Sina setzte sich zu Frau Kaufmann und versuchte sie mit einer aufgesetzten Gelassenheit etwas zu beruhigen. Nun begann die Schwester des Opfers nervös an ihren Fingernägeln zu kauen.

„Sie müssen ihn noch identifizieren, obwohl wir keine Zweifel an seiner Identität haben. Das ist aber Vorschrift. Es wäre gut, wenn Sie kurzfristig bestätigen könnten, dass es sich bei dem Toten um Ihren Bruder handelt", platzte Langner in die drückende Stille.

Sina warf ihm einen fast tötenden Blick zu und schüttelte den Kopf. Aber Tanja Kaufmann reagierte anders als erwartet. Sie hatte ihre Fassung kurzerhand wiedererlangt, erhob sich wie ferngesteuert und wiederholte den Satz:

„Ja, ist klar, ich muss ihn noch identifizieren. Ich sag gleich an der Arbeit Bescheid. Ich nehme heute einen Tag Urlaub."

„Sollen wir Ihnen nicht erst einmal einen Arzt holen?", fragte Sina vorsichtig und ehrlich besorgt. „Sie müssen das nicht gleich machen. Lassen Sie sich Zeit."

„Nein, nein, geht schon, was getan werden muss, muss getan werden. Ist er noch im Schlossgarten?", fragte Frau Kaufmann nun in einer gewissen Kälte.

Seefeld blickte zu Langner. Routinemäßig war ihr klar, dass der Tote in einem Kunststoffsarg bereits in die Kühlfächer des Zentralfriedhofs gebracht worden sein musste, bis schließlich entschieden war, was mit der Leiche weiter geschehen sollte. Langner zückte kurzerhand sein Handy und führte ein kurzes dienstliches Telefonat. Danach konnte er die sichere Antwort geben: „Natürlich ist er nicht mehr im Schlossgarten, er ist bereits am Zentralfriedhof, erst einmal vorübergehend. Wir können gleich hin. Der Friedhofswärter ist da und schließt uns auf."

„Ich muss auch die Karin anrufen, seine Freundin, die muss das doch auch wissen, oder etwa nicht, vielleicht auch eher nicht?"

Frau Kaufmann war sichtlich überfordert, verwirrt und unsicher. Es war nicht zu übersehen, dass die junge Frau unter psychischen Problemen litt. Das Ausmaß konnte man als Außenstehender ohne vorliegende Diagnose nicht einschätzen.

„Lassen Sie uns das machen", antwortete Sina.

„Kommissar Langner kümmert sich darum und kann Frau Römer dann auch zum Zentralfriedhof bringen. Er gibt auch Ihrem Arbeitgeber Bescheid."

Tanja Kaufmann suchte zögerlich in ihrem Handy nach der Telefonnummer von Karin Römer, die in einem Fitnessstudio in Fulda als Trainerin arbeitete und schließlich auch die Nummer des Kosmetikstudios, in dem sie selbst tätig war. Langner machte sich, nicht gerade erfreut über die ihm gestellten Aufgaben, auf den Weg. Die Anschriften hatte ihm Tanja Kaufmann mittlerweile gegeben. Das Kosmetikinstitut würde er zumindest telefonisch informieren können. Das reichte völlig aus. Karin Römer würde er persönlich aufsuchen müssen, das war klar.

„Machen Sie sich keinen Kopf, ich erledige das für Sie", tönte Mike noch als Helfer in der Not beim Verlassen der Wohnung.

„Bis gleich", rief ihm Sina zu.

Und Frau Kaufmann ging wie betäubt zur Wohnungstür.

„Ja, identifizieren, das ist wichtig, am Zentralfriedhof. Führen Sie mich zu ihm", sagte sie wie hypnotisiert und verließ ebenfalls die Wohnung, ohne Sina weiter zu beachten.

„Wie ist er denn gestorben?", wollte Tanja auf der Fahrt zum Friedhof wissen.

„Wir gehen von Fremdverschulden aus. Vermutlich ist er erstochen worden.

Näheres wird die Obduktion ergeben."

„Wer tut denn so etwas? Mein Bruder, mein Bruder war doch...".

„Wo waren Sie eigentlich gestern Abend zwischen 21.00 Uhr und 22.30 Uhr?"

Sina hasste diese Fragen und hätte sich am liebsten selbst dafür geohrfeigt. Aber solche Sätze konnten auch für eine entsprechende Ablenkung sorgen und die Gedanken in eine andere Richtung lenken. Meistens funktionierte dieser Plan.

„Das ist nicht Ihr Ernst, fragen Sie mich jetzt nach einem Alibi? Haben Sie etwa mich in Verdacht?"

„Wir haben erst einmal gar niemanden im Verdacht. Meistens kommt der Täter aus dem nahen Umfeld des Opfers, deshalb müssen wir jeden Stein umdrehen."

„Ich war bei meinem Freund, Rolf Lüdtke. Ich übernachte des Öfteren bei ihm. Er kann Ihnen das bestätigen."

Sina nickte. „War Ihr Bruder in Gefahr?"

„Ich weiß es nicht, keine Ahnung."

„Was machte denn Ihren Bruder aus?" Sina lenkte auf ein anderes Thema.

„Mein Bruder war ein absolut begnadeter Künstler. Immer irgendwelche neuen Ideen auf Lager und kreativ ohne Ende."

Frau Kaufmanns Stimme klang traurig und leise.

Es war ein schwerer Weg, den die Kommissarin mit Tanja Kaufmann ging, als sie den Zentralfriedhof betraten und auf die Leichenhalle zusteuerten. Sie Sonne brannte heiß. Der Himmel hatte kein Erbarmen. Sina bekam auf Friedhöfen immer das Gefühl, einen Kloß im Hals stecken zu haben und konnte sich nur allzu gut vorstellen, wie sich diese junge Frau fühlen musste. Sie ging einen Weg, der nur geradeaus verlief und bei dem es keinen Rückweg mehr gab, so sehr sie sich den auch wünschte und ihn vergeblich suchte.

Der Friedhofswärter hatte dankenswerterweise Vorarbeit geleistet. Die Bahre mit dem Leichnam stand bereits mitten im Raum. Der zarte junge Mann wirkte ganz verloren in der großen Halle, die mit Holz verkleidet war.

Als Konrads Schwester vor dessen Leichnam stand, bat diese, einen Moment mit ihm allein sein zu dürfen. Sina nickte verständnisvoll und verließ den Raum. Damit hatte sie auch schon die Antwort. Es handelte sich definitiv um Konrad Kaufmann.

Vor der Friedhofshalle setzte sie sich auf einen Stein, zog eine Zigarette aus der Packung, zündete diese mit ihrem silbernen Feuerzeug an und zog intensiv an ihr. Das Feuerzeug hielt sie fest in ihrer Hand. Vor einiger Zeit hatte sie ihr Tierkreiszeichen Zwilling darauf gravieren lassen und das war sie auch: ein Zwilling durch und durch. Sina hatte die zwei Gesichter; sie konnte innig lieben, aber sie konnte auch abgrundtief hassen. Das Rauchen brauchte sie jetzt, sie brauchte definitiv etwas, an dem sie sich festhalten konnte, etwas, das ihr Gefühlschaos zumindest scheinbar aufräumen konnte. Dafür eigneten sich diese Lungenputzer ganz hervorragend. Immer wieder erinnerte sie sich an ihr eigenes Schicksal. Die Todesnachricht ihrer Eltern, der Friedhof, der Abschied, das Grab.

Warum schaffte sie es in diesem Fall nicht, den nötigen und gesunden Abstand zu wahren? Das funktionierte doch sonst immer so gut. Was hatte sie denn mit diesem Konrad zu tun? Doch rein gar nichts. Eine Antwort konnte sie im Moment nicht finden und musste die offene Frage so stehen lassen. Aber da waren wieder diese Bilder, die in letzter Zeit immer wieder durch ihren Kopf schossen. Ihre innere Verdrängungstaktik schien nicht mehr so gut zu funktionieren. Der Topf, der bis zum Rand voll zu sein schien, begann sprichwörtlich überzulaufen.

Plötzlich konnte man das Wimmern, das Schluchzen und das Weinen von Tanja Kaufmann ganz deutlich hören. Aber Sina reagierte nicht – sie war wie eingefroren.

Sie hatte selbst das Kommen von Langner nicht mitbekommen.

Er stand mit einer jungen, gutaussehenden Frau direkt vor ihr.

„Das ist Karin Römer, die Lebensgefährtin von Konrad Kaufmann."

Diese wirkte durch die Todesnachricht, die ihr Langner übermittelt hatte, alles andere als gefasst. Sie gab der Kommissarin teilnahmslos die Hand, ihre Augen schauten sie aber nicht an. Sie blickte bereits ungläubig in die Halle, so als würde sich sicherlich gleich ein großer Irrtum aufklären. Sie trug ein hübsches schwarz-rotes Fitnessdress, ihre Haare waren kurz, blond und gestylt. Ihre Haut schimmerte sonnenbraun und sie wirkte älter als Konrad und Tanja Kaufmann. Sina schätzte sie auf Ende zwanzig und damit um einiges älter als Konrad.

In ihre eigenen Tagträume vertieft, hatte Sina doch tatsächlich Tanja sich ganz und gar allein in der Leichenhalle überlassen. Diese war zusammengebrochen. Der Körper der Schwester ruhte auf dem ihres Bruders. Wie konnte ihr nur so ein Fehler passieren? Und auch Langner schaute Sina fragend an.

„Hallloooo, alles klar bei dir?"

Ohne ihm eine Antwort zu geben, sprang Sina auf Frau Kaufmann zu und half ihr, wieder aufrecht zu stehen. Sina nahm die junge Frau, die bitterlich weinte, in die Arme. Als Frau Kaufmann sich wieder aufrichtete und ihre Mitbewohnerin im Eingang der Leichenhalle stehen sah, riss sie sich abrupt von Sina los und stürmte auf Frau Römer zu.

„Du bist schuld, du bist schuld, dass er jetzt hier liegt. Nur wegen dir."

Karin Römer blieb regungslos stehen und zeigte keinerlei Reaktion.

Langner zwängte sich zwischen die Frauen und sprach beruhigend auf Tanja Kaufmann ein.

Er fasste Tanja an der Schulter und verließ mit ihr die Halle. Karin, die immer noch versteinert wirkte, befand sich nun mit Sina und Konrad allein im Raum. Sina beobachtete die Frau, die sich langsam zu dem Leichnam, Konrad Kaufmann – ihrem Freund – hinbewegte.

Der erhoffte Irrtum klärte sich nicht auf. Karin Römers Blick verriet den Schmerz der unabänderbaren bitteren Wahrheit. Sie streichelte zärtlich die Wange von Konrad und begann ebenfalls zu weinen. Sie küsste ihn auf den Mund; ihre Tränen benetzten sein bleiches Gesicht. Dann drehte sie sich abrupt um und verließ langsam, auf leisen Sohlen, den Raum. Sie lief direkt an Langner vorbei.

„Ich fahre Sie nach Hause", sagte dieser und lief ihr mit großen Schritten nach.

„Nein, das brauchen Sie nicht zu tun, ich finde den Weg allein. Ein Zuhause habe ich nicht mehr. Aber ich muss mich jetzt bewegen."

Sina ging zur Bahre und schaute in das Gesicht von Konrad, das wie ein Kunstwerk wirkte, trotz der Stichverletzung, die leicht zu sehen war.

Wie hübsch dieser Junge aussah und wie früh er gehen musste. Aber eigentlich kannte Sina ja diese Fälle nur zu gut und ihre Arbeit begann immer erst dann, wenn schon alles vorbei war. Sie kam immer und überall zu spät und dann, wenn sich Familientragödien und Schicksale schon lange abgespielt hatten, dann, wenn es keine menschliche Rettung mehr gab. Auch darüber machte es keinen Sinn, sich Gedanken zu machen. Das war Fakt und doch meldeten sich in letzter Zeit immer und immer wieder erneut ihr Gewissen und ihr Gefühl. War das ihr Schicksal?

Eine Welt, die sich ihr immer nur von der schlechten, ungerechten und dunklen Seite zeigte?

Langner wartete allein am Auto auf seine Kollegin. Tanja Kaufmann hatte sich mittlerweile wieder gefasst. Sie erbat sich eine kurze Zeit der Stille auf dem Friedhof am Grab ihrer Großmutter.

„Also mit den beiden Damen stimmt so einiges nicht", stellte Sina ernüchtert fest. „Da weiß man ja so gar nicht, was echt ist und was vorgespielt ist."

„Das kann man wohl laut sagen", bestätigte Langner mit hochgezogenen Augenbrauen und einem Nicken ihre Aussage.

Kurze Zeit später waren beide Beamte mit Tanja Kaufmann wieder zurück in ihrer Wohnung und saßen gemeinsam am Esszimmertisch. Karin war noch nicht zurückgekehrt.

„Ich bin die Ältere, ich hätte mich besser um ihn kümmern müssen, ich habe es meinem Vater versprochen und jetzt habe ich es nicht gehalten", jammerte sie.

„Lebt Ihr Vater denn nicht mehr?", wollte Seefeld wissen.

„Nein, er ist vor fünf Jahren an seiner Sauferei gestorben. Aber wir waren da ja schon erwachsen. Ich zumindest", verbesserte sie ihre Aussage.

„Und Ihre Mutter?"

„Ach die, die lebt in der Rhön. Die interessiert sich für mich einen Scheiß, für Konrad schon. Ich sag' ihr das nicht mit Konrad, nur dass das klar ist. Die flippt total aus. Die ist sowieso schon gaga."

„Wir haben uns schon gewundert, sie hat sich in Fulda weder abgemeldet noch irgendwo anders angemeldet."

„Das sieht ihr mal wieder ähnlich, ich kann Ihnen die Adresse geben."

„Hatte denn Ihr Bruder Feinde?", bohrte Seefeld weiter.

„Ich habe es meinem Vater am Sterbebett versprochen. Seine Leber war kaputt, da ging einfach nichts mehr, im Leben hat man doch immer Feinde, ob man etwas dafür kann oder nicht. War es denn wirklich Mord?" Frau Kaufmann redete wirr durcheinander.

„Wir gehen davon aus; ob es ein zufälliger Raubüberfall oder ein geplanter Mord war, können wir zu diesem Zeitpunkt noch nicht sagen. Wir sind am Ermitteln."

Die Fragen und Antworten wiederholten sich.

Jetzt öffnete Tanja Kaufmann die Tür zur Küche, die förmlich vor Unordnung schrie. Es hatte ganz den Anschein, hinter den verschlossenen Türen kleine Geheimnisse ausfindig machen zu können. Sie holte sich ein Glas aus dem Schrank, eine Flasche aus dem Kühlschrank und schenkte sich einen Schnaps ein.

„Wollen Sie auch einen Klaren?"

„Nein", antworteten die Beamten wie aus einem Mund. „Wir sind im Dienst."

„Ich brauche das jetzt. Ich brauche jetzt einen."

„Ja, verstehe", antwortete Seefeld, „brauchen Sie das öfter?"

„Was soll das heißen? Wollen Sie mir das Saufen unterstellen? Sehe ich etwa so aus, oder was?"

„Nein, natürlich nicht, das geht uns auch nichts an, wenn es mit dem Fall nichts zu tun hat.

Ich muss Sie das jetzt fragen: Warum haben Sie eben die Freundin Ihres Bruders attackiert? Sie wohnt doch mit Ihnen in der Wohnung. Das Verhältnis zu ihr scheint nicht das Beste zu sein."

Frau Kaufmann schenkte sich bei diesen Fragen glatt noch einen „Klaren" nach und trank ihr Glas zügig aus.

„Was heißt denn attackiert? Die geht mir schon seit einiger Zeit auf die Nerven. Die hat meinen Bruder nicht verdient. Ursprünglich haben wir zwei Mädels hier allein gewohnt und wir waren mal richtig gute Freundinnen. Aber das ist schon länger her. Dann hat sie Konrad kennengelernt und sich den gleich geangelt, obwohl sie acht Jahre älter ist als der, achtundzwanzig ist die schon und die hatte immer einen tierischen Männerverschleiß, kann ich Ihnen sagen. Und ich bin mir sicher, die hatte jetzt auch noch einige am Laufen, wissen tue ich natürlich nichts. Er war tierisch verliebt in die, aber der hätte auch noch begreifen müssen, was das für eine ist, da gebe ich Ihnen Brief und Siegel drauf. Die lässt jeden fallen wie eine heiße Kartoffel. So hat sie es mit mir auch gemacht. Erst beste Freundinnen und dann ist man plötzlich Luft."

„Erläutern Sie uns bitte näher Ihre Vermutungen. Mit wem soll sie was am Laufen gehabt haben?"

„Naja, die hat doch was am Start mit einem Pfaffen, das weiß doch schon jeder und der Konrad hat es auch gewusst. Der hat sie sogar noch gedeckt und sie sogar immer noch zu dem hingefahren. Naja, wer weiß, was da so zwischen allen lief."

„Na, jetzt machen Sie mal halblang. Wo ist denn dieser Pfarrer anzutreffen?"

„Ja, wo wohl? Bei meiner Mutter in der Pampa."

„Und warum hat Karin Römer dann die Beziehung zu Ihrem Bruder nicht beendet?"

„Was weiß ich, woher soll ich denn das alles wissen? Fragen Sie sie doch selbst. Konrad war der doch hörig. Vielleicht hat er auf so Geschichten gestanden, keine Ahnung. Außerdem lassen Sie mich jetzt mit Ihrer Fragerei in Ruhe; ich will Sie jetzt auch nicht mehr um mich haben."

Das konnte Sina sehr gut nachvollziehen und die Infos, die sie bekommen hatte, reichten auch für das erste Gespräch, aber sie wollte sich noch ein besseres Bild von Konrad Kaufmann und dessen Umfeld verschaffen.

„Wir würden uns nun noch gerne kurz das Zimmer Ihres Bruders anschauen."

„Finden Sie das nicht eklig in Sachen von toten Menschen herumzuschnüffeln?", fragte Tanja Kaufmann provozierend.

„Wenn es der Sache dient, dann nicht", antwortete Langner kurzerhand.

Ihm ging das Ganze hier sichtlich auf die Nerven. Schließlich woll ten sie in ihren Ermittlungen vorankommen und außerdem wartete noch ein riesiger Stapel Arbeit im Büro auf die beiden.

Seefeld und Langner standen auf. Tanja Kaufmann ging voraus und zeigte ihnen mit grimmiger Miene das Zimmer ihres Bruders. Das entsprach so gar nicht einem typisch zwanzigjährigen jungen Mann, der sein angebliches Faible für Kunst pflegte und auslebte, wie seine Schwester auf dem Weg zur Leichenhalle kurz und knapp erzählt hatte. Im Gegenteil: Hätte man da eventuell Durcheinander und Chaos vermutet, wurde man eines Besseren belehrt. Konrads Zimmer strotzte vor Ordnungssinn, er liebte sichtlich Pflanzen, was auch mit Bildern an den Wänden dokumentiert wurde. Eine Staffelei mit unterschiedlichen Farbkästen befand sich im Raum. Die Palme und das Zitronenbäumchen ließen ihre Blätter hängen, so als wüssten sie von dem Unglück ihres Besitzers. Das Zimmer war aufgeräumt und sauber, fast steril und strukturiert. Aber irgendwie passte das so gar nicht zu dem künstlerischen Jungen, den Sina vor ein paar Stunden im Schlossgarten hatte liegen sehen. Vielleicht bewies aber genau diese Situation wieder einmal mehr, wie sehr man sich doch in Äußerlichkeiten irren konnte. Niemand war in der Lage, hinter eine Stirn zu schauen. Wer war dieser geheimnisvolle Konrad gewesen?

„Ist jemand vor uns hier im Zimmer gewesen, ich meine heute Morgen, eventuell?"

Sina hatte eine leise Vorahnung, wusste aber nicht, woher sie diese nahm. Wie oft hatte sie Fälle, in denen Zimmer verwüstet wurden, hier könnte das Gegenteil der Fall gewesen sein.

„Nein, wieso?"

„Ich meine nur, war Ihr Bruder denn immer so überaus ordentlich?"

„Ich weiß nicht, was Sie meinen. Ich pflege nicht in den Sachen meiner Mitbewohner herumzuschnüffeln und die Zimmer zu kontrollieren. Wenn Sie gerne in mein Zimmer schauen möchten, werden Sie das reinste Chaos vorfinden."

Das wunderte Sina nicht im Geringsten, denn mit ihrer Menschenkenntnis lag sie meistens richtig. Die ihr nicht zustehende Bewertung: Außen hui, innen pfui kamen ihr in den Sinn. Da war es schon wieder: das Raster. Was sie aber sehr verwunderte, war die Ehrlichkeit der jungen Dame. Das wiederum beeindruckte sie.

Sina zog die Schubladen der Schränke in Konrads Zimmer auf, aber auch da war nichts zu finden – sortierte Wäsche, ordentliche Unterlagen, Bilder und Literatur.

„Wollen wir die Spurensicherung rufen?“, fragte Langner seine Chefin. Seefeld zuckte unentschlossen mit den Schultern.

„Es fragt sich, wonach wir hier suchen.“

„Ja, das frage ich mich auch gerade.“

„Für den Moment lassen wir es gut sein.“

„War denn Ihr Bruder vermögend, hatte er eventuell geerbt?“

Tanja fing gekünstelt an zu lachen.

„Machen Sie Witze? Wo sollten wir denn Geld herbekommen haben? Wir sind arme Schweine, und wenn ich Pech habe, bleibe ich das bis zu meinem Lebensende.“

Nach einem Raubmord hatte die Tat für Sina nicht ausgesehen, obwohl im Mülleimer im Schlossgarten eine braune leere Tasche gefunden worden war.

Als Sina danach fragte, bekam sie wieder eine schroffe unbefriedigende Antwort:

„Was weiß ich, was der für eine Tasche mit sich rumgeschleppt hat und was der für einen Krimskrams darin hatte. Soweit ich im Bilde bin, gibt es bei uns weder Geld noch Gold.“

Endlich traf auch Karin Römer, die Freundin des Getöteten, in der Wohnung ein, sodass eine kurze Befragung mit ihr fortgesetzt werden konnte.

„Brauchen Sie mich noch?“, fragte Tanja.

„Nein, danke. Aber halten Sie sich bitte zu unserer Verfügung. Wir hätten da noch eine gute Psychologin, die Ihnen helfen kann…“

Die letzten Worte hatte Frau Kaufmann nicht mehr hören wollen. Die Tür fiel mit einem Paukenschlag ins Schloss. Sie hatte die Wohnung auf dem schnellsten Weg verlassen.

Karin setzte sich mit gesenktem Haupt an den Tisch.

„Wie ist er gestorben? Hat er leiden müssen?“

Sina Seefeld beantwortete die Frage so gut sie konnte.

„Nein, sicherlich war er durch seine Halsverletzung sofort tot.“

Aber in Wirklichkeit wusste sie es zurzeit noch nicht genau. Diese Notlügen hatte Sina immer bereit; sie musste diese aus ihrem Repertoire ziehen, um Menschen nicht in einen noch tieferen Abgrund zu stürzen.

„Können Sie uns zum Fundort etwas sagen, was suchte Ihr Freund im Schlossgarten?“

„Er wollte gestern zu dieser Kunstpräsentation in die Orangerie mit einem Bild, soweit ich weiß. Das war eine riesengroße Chance – hat er gesagt. Das sind wichtige Leute, die ihm behilflich sein können. Und den Schlossgarten mochte er sehr. Konrad liebte den Rhododendron, „Rosenbaum“ nannte er ihn immer; es war seine Lieblingspflanze und mit Sicherheit hat er sich dort ausruhen wollen – eine Pause einlegen, vielleicht ist er eingeschlafen und er wurde überfallen?“

„Wir wissen es noch nicht. Der Fundort muss nicht der Tatort sein.“

„Gehörte Ihrem Freund diese braune Umhänge-Tasche?“

Sina zeigte Frau Römer ein Foto der Tasche und die gefundenen Liedzettel.

„Dieses Lied auf den Papieren kenne ich definitiv nicht. Das habe ich noch nie zuvor gesehen. Die Tasche, ja, die ist dem Konrad. Was ist denn mir der?“

„Die haben wir im Schlossgarten in einem Mülleimer gefunden, sie war leer und durch den Regen völlig durchnässt. Wir suchen noch nach Fingerabdrücken, aber wir haben wenig Hoffnung auf Erfolg. Können Sie uns sagen, was er in dieser Tasche aufbewahrte?“

„Nein, natürlich nicht. Ich habe doch meinen Freund nicht kontrolliert oder bin ihm heimlich nachgestiegen. Wo kämen wir denn da hin? In der WG hat auch jeder sein eigenes Zimmer. Er hatte sicherlich eine seiner Zeichnungen dabei. Aber die passte wohl kaum in diese Tasche. Vielleicht ist die noch in der Orangerie. Ich habe keine Ahnung.“

„Das werden wir später prüfen, die Ausstellung dauert ja noch ein paar Tage. Vielleicht finden wir dort Hinweise auf ein Motiv."

„Wie lange waren Sie mit Herrn Kaufmann befreundet und wie würden Sie die Beziehung selbst einschätzen?", fragte Sina etwas vorsichtig.

„Zwei Jahre, unsere Beziehung war gut, auch wenn ich acht Jahre älter bin – war – als er. Wieso fragen Sie?"

„Nur so, Routine, wo waren Sie gestern Abend?"

„Ich musste arbeiten im Fitnessstudio, bis 22 Uhr. Ich hätte Konrad so gerne zu der Präsentation begleitet, dann wäre das alles auch nicht passiert. Sicherlich wäre er dann noch am Leben. Ich bin so müde."

„Wir haben auch vorerst keine weiteren Fragen an Sie. Ruhen Sie sich aus. Wir lassen Sie nun allein, wenn das für Sie in Ordnung ist. Ich lege Ihnen und Frau Kaufmann eine Karte einer guten Psychologin auf den Tisch; die können sie jederzeit kontaktieren. Holen Sie sich Hilfe!" Frau Römer nickte abwesend.

Sina wusste, dass kaum jemand von ihrem Angebot Gebrauch machte, auch wenn die Hinterbliebenen noch so sehr Unterstützung nötig hatten.

„Bitte halten auch Sie sich zu unserer weiteren Verfügung; wir werden die Mutter von Herrn Kaufmann in Kürze informieren. Machen sie sich keine Umstände, wir finden allein raus."

Karin Römer nickte stumm; sie wirkte geistesabwesend.

Ein holpriger Pfad

Eine Stunde später fuhren Seefeld und Langner mit ihrem Dienstwagen auf der Petersberger Straße Richtung Rhön. Langner heftete der Kommissarin förmlich an den Fersen; er begleitete sie auf Schritt und Tritt. Sina fragte sich heimlich, ob er nichts Besseres zu tun hatte, als ihr sinnbildlich das Händchen zu halten. Die Arbeit stapelte sich nach wie vor im Büro. Aber so ganz unrecht war ihr seine Anwesenheit heute nicht, deshalb verkniff sie sich vorerst auch jeglichen schnippischen Kommentar und sagte ausnahmsweise nichts. Wer wusste schon, was sie zu erwarten hatte. Aus Gründen der Sicherheit war es immer gut, zu zweit unterwegs zu sein, aber auch aufgrund der Beweisbarkeit vor Gericht. Außerdem kannte sie sich in diesen Gefilden nun wirklich gar nicht aus. In die raue Rhön hatte sie noch so gar nichts gezogen.

„Die Rhön ist wunderschön", tönte Langner, so als könne er Gedanken lesen. ‚Als hätte der Ahnung', dachte sich Seefeld. ‚Angeber'.

„Warst du noch nicht mal zum Wandern hier oben, du Schatz der Rhön?"

Oh, Mann, auf die Sprüche konnte Sina nun wirklich dankend verzichten.

„Nein, ich friere sowieso schon oft genug in Osthessen, eigentlich bin ich es wärmer gewohnt und in der Rhön geht doch immer ein leichtes Lüftchen, habe ich mir sagen lassen."

„Papperlapapp, die Rhön ist wunderschön. Wir können bei Gelegenheit am Wochenende ein paar Ausflüge machen. Ich zeige dir die Wasserkuppe, die Enzianhütte, das Grabenhöfchen, das Fliegerdenkmal..., und im Winter können wir Skifahren oder so."

‚Oder so' klang für Sina besonders gut.

„Ach lass mal stecken, Langner, ich bevorzuge da dann doch schon die etwas längeren Pisten in Österreich."

Sina schenkte Mike ein breites Grinsen und Mike verstand unweigerlich, dass ihn Sina mal wieder hatte abblitzen lassen. Er war Kummer gewohnt. Das Spielchen betrieben die beiden schon eine ganze Weile, aber Mike gab einfach nicht auf. Er hatte sich zum Ziel gesetzt, bei seiner Kollegin zu landen und er hatte Zeit, viel Zeit und Geduld. Er konnte warten. Irgendwann würde sie schon anbeißen und bekanntlich stirbt die Hoffnung zuletzt.

„Aber ich kann dir viel von der Rhön erzählen, zum Beispiel dass die Rhön landschaftlich einzigartig ist: ein Mittelgebirge im Dreiländereck zwischen Bayern, Hessen und Thüringen, das geprägt ist von unbewaldeten kargen Kuppen, steilen, hohen Bergen und langgezogenen, fast menschenleeren Hochebenen. Schaurig wirkende, düstere Hochmoore, ein raues Klima, urwüchsige Wälder und imposante Basaltblock- und Gesteinshalden, die an den vulkanischen Ursprung dieses Gebirges erinnern, verleihen der Rhön ihren besonderen Charakter. Die UNESCO hat die Rhön 1991 zum Biosphärenreservat ernannt."

„Jetzt mach aber mal einen Punkt. Ich kann mich nicht erinnern, für heute Nachmittag eine Führung durch die Rhön gebucht zu haben. Du bist ja ein „lebender Reiseführer". Wir müssen jetzt in die Wohlfühlgemeinde Hilders. Und Sie, lieber Herr Kommissar Langner, Sie übermitteln diesmal die Todesnachricht, um mal wieder auf die dienstlich-sachliche Ebene zurückzukommen."

Zu gerne siezte sie ihren Kollegen, wenn sie ihn ärgern wollte.

„Jawohl, Chefin, habe verstanden, eine Rhönführung ist aber immer noch nicht ganz ausgeschlossen. Von der Wasserkuppe muss ich dir aber noch ganz kurz erzählen: Sie ist nämlich im hessischen Landkreis Fulda mit Gipfellage im Gebiet von Gersfeld mit 950 Metern Höhe über dem Meeresspiegel der höchste Berg der Rhön und zugleich die höchste Erhebung Hessens. Auf dem Berg, der überregional als „Wiege des Segelflugs" bekannt ist, entspringt die Fulda und weitere 30 Bäche haben hier ihren Ursprung. Im Winter herrscht auf der Wasserkuppe Hochsaison für Skifahrer und Wintersportler jeder Art. Egal ob Langlauf, Abfahrt, Snowboard."

„Stopp, stopp, Langner, jetzt reicht es – wir haben Hochsommer; vom Winter keine Spur."

Mike konnte sehr anstrengend sein, wenn er das wollte, genau wie sie.

„Schon gut, schon gut, dann höre ich eben auf, von unserer Heimat zu schwärmen."

„Danke, Langner, es ist alles sehr interessant, aber der Vortrag muss ein Ende haben. Ich habe definitiv andere Dinge im Kopf."

Sina verdrehte genervt die Augen.

„Von der Petersberger Straße sind das knapp 31 Kilometer, zeigt mir das Navi an, also müssten wir gleich da sein. Wir sind schon fast dreißig Minuten unterwegs, aber mir kommt es vor wie zehn Stunden. Das ist hier wie eine Berg- und Talfahrt."

Das Navigationssystem hatte die beiden etwas umständlich auf die Dipperzer Straße, B458 Meiningen/Tann, mit dem direkten Ziel Hilders gelotst. Sie fuhren an dörflichen Häusern und Scheunen sowie landwirtschaftlichen Gehöften vorbei.

„Hilders liegt im Naturpark Hessische Rhön nordöstlich der Wasserkuppe auf 460 bis 800 Meter Höhe im Ulstertal, östlich von Fulda. Im Osten grenzt die Gemeinde an Thüringen. Hilders zählt knapp 5000 Einwohner..."

Langner konnte mit seinem schnell angeeigneten Wissen dank des Internets beeindrucken.

„Hier hört, glaube ich, die Welt auf", bemerkte Sina völlig unbeeindruckt, die sich an die dörflichen Ortschaften trotz einiger Lebensjahre in dieser Region immer noch nicht ganz gewöhnt hatte. So gemütlich sie die Dörfer auch fand, sie konnte sich nicht vorstellen, in dieser – sie nannte es – ‚Einöde' zu leben.

„Oder man könnte auch sagen: Hier ist die Welt noch in Ordnung", versuchte Langner zu verbessern.

„Naja, ob das wirklich der Fall ist?" Sina warf ihm einen prüfenden Blick zu.

Sie bogen in den Rother Weg, der eher einem geteerten Feldweg glich, erst eine Schlangenlinie bildete und dann zu einem Waldrand hinaufführte. Suchend schauten sie sich um.

„Das sind anscheinend so eine Art Aussiedlerhöfe."

Beide blickten nach rechts und links, um die passende Hausnummer zu finden und hielten schließlich nach längerem Hin und Her vor der Nummer 24.

„So, hier müsste es sein", mutmaßte Seefeld noch immer prüfend und stellte den Motor ab. Das Haus war mit Bäumen und Büschen zugewuchert; es machte den Anschein, als hätte hier schon Jahre niemand mehr etwas im Garten und am Haus gearbeitet.

„Und hier kann man leben?", fragte Sina und schaute sich geduckt durch die Windschutzscheibe das Anwesen an.

„Anscheinend ja, du Großstadtkind", konterte Langner.

„Hier wollte ich echt nicht tot über dem Zaun hängen. Ich frage mich nur, von was man hier leben kann, von Luft und Liebe?", beendete Sina den Dialog.

Sie hatte gerne das letzte Wort und urteilte vorschnell und vorlaut.

Der Himmel hatte sich zugezogen und es schien wieder ein Gewitter aufzuziehen. Die Schwüle des Tages lag drückend auf den Gemütern; eine Abkühlung würde allen Lebewesen guttun. Die Klimaanlage des Autos hatte die unerträgliche Hitze für eine kurze Zeit vergessen lassen, aber als die beiden Beamten nun aus dem Auto stiegen, schlug sie wieder unerbittlich zu.

Das Grundstück war mit einem kleinen, verwitterten Holzzaun eingegrenzt. Im Vorgarten standen Buchsbäume, die weder zu der Umgebung passten noch aussahen, als sei ihnen jemals ein Schnitt verpasst worden. Alte Feen- und Wichtelfiguren standen zwischen Unkraut, Büschen und Blumen, was Sina ganz amüsant und urig fand. Sie liefen auf einem engen Pfad über die locker verlegten Betonplatten zum Eingang des kleinen Häuschens, das an eine Art Hexenhaus erinnerte, als Langner plötzlich über eine Unebenheit stolperte und unsanft im danebenliegenden Gebüsch landete und kurz aufschrie. Sina musste anfangen zu lachen, aber Langner fand das gar nicht komisch, abgesehen davon, dass er sich seinen rechten Knöchel vertreten hatte. Sina reichte ihm die Hand, die er sich nicht entgehen ließ. Sie zog ihn etwas unsanft zurück auf den Weg. Ein breites Grinsen konnte sie sich nicht verkneifen.

„Bist du über einen Maulwurfshügel gestolpert, du Naturbursche?", rief Sina ihrem Kollegen schelmisch zu.

„Bist du denn jetzt noch diensttauglich?"

„Sehr witzig, das ist hier ja lebensgefährlich, das gehört angezeigt", schimpfte dieser.

Langner humpelte schnaubend und wehleidig hinter seiner Kollegin her. Vor einem genauso unsicher angelegten Eingang blieben die beiden schließlich stehen. Über ihnen befand sich ein gelbes Plastikvordach, das sichtlich in die Jahre gekommen war. Sina und Langner blickten beide automatisch verstohlen nach oben und prüften die Beständigkeit dieses Vordaches. Sina klopfte an die Tür, bevor sie diesbezüglich zu einem abschließenden Ergebnis kommen konnte. Eine Klingel hatte sie nicht entdecken können. Es rührte sich nichts im Haus. Alles blieb ruhig. Sie klopfte noch einmal. Dieses Mal etwas fester.

Nun waren leise Schritte zu hören, die sich langsam der Türe näherten. Der Schlüssel drehte sich zweimal im Schloss. Sina schaute Langner mit hochgezogenen Augenbrauen und ernster Miene an.

Die Eingangstür öffnete sich wie von Geisterhand und eine mittelgroße dünne Frau mit schwarzen, im Ansatz etwas grau melierten langen Haaren stand vor ihnen. Sie war vermutlich Mitte vierzig, aber ihre Gesichtszüge sprachen eine ganz andere Sprache. Sie sah verhärmt aus, wirkte alt, gebrechlich und unsicher. Sina und Langner schauten in zwei dunkle, leer wirkende Augenpaare. ‚Die Frau muss mal sehr, sehr hübsch gewesen sein', schoss es Sina in den Kopf und sie erkannte sofort die Ähnlichkeit dieser Frau mit Tanja Kaufmann. Aber die Frau war im Gegensatz zu ihrer Tochter nicht geschminkt, ihr langes, feines Haar hatte sie zusammengebunden. Sie hatte ihre Kleidung passend für ihr Alter ausgewählt. Die Dame trug eine einfache Bluse mit Blumenmuster und eine etwas weitere Cordhose.

„Sie sind Eleonore Kaufmann?", fragte Langner.

„Ja", war die kurze und knappe Antwort der hageren Frau.

„Mein Name ist Langner, Kripo Fulda, und das ist meine Kollegin Seefeld. Wir hatten eben schon kurz telefoniert."

„Können wir vielleicht reinkommen?", fragte Langner.

Frau Kaufmann bat die beiden kopfnickend in das sehr bescheidene alte Haus.

Über der Wohnzimmertür befand sich ein Willkommensgruß:

Grüß Gott, tritt ein,
bring` Glück herein.

Diesem Spruch konnten die beiden Polizisten heute ganz sicherlich nicht Folge leisten.

Frau Kaufmann öffnete die Tür. Im Raum stand ein mittelgroß gewachsener, schlanker Mann mit dunkelblonden, im Ansatz grauen, gewellten Haaren, etwa Ende vierzig. Bevor sich Sina ein genaueres Bild von dem Herrn machen konnte, stellte ihn Frau Kaufmann vor: „Das ist Herr Pfarrer Alexander Polinski, Freund des Hauses. Er ist nur für ein paar Wochen hier, er betreut eigentlich eine kleine katholische Gemeinde bei Bamberg und wohnt in dem Gästehaus hier in Hilders ganz in der Nähe. Er schaut hier immer mal nach dem Rechten und auch nach mir, und manchmal kommt dann auch mein Konrad, mein Sohn und seine Freundin, müssen Sie wissen."

Sina Seefeld und Mike Langner wussten das sehr wohl; Sina nickte stumm.

„Grüß Gott, angenehm", sagte dieser und reichte förmlich fromm Seefeld und Langner seine zarte, weiche Hand, die sich beide ebenfalls freundlich mit festem Handschlag dem Pfarrer vorstellten.

Frau Kaufmann bot den Gästen Platz auf einer in die Jahre gekommenen Polstergarnitur, die sich um einen alten Röhrenfernseher gruppierte, an. Diese setzten sich in das tiefe Sofa, versanken förmlich darin, und Frau Kaufmann, die Platz auf dem Sessel fand, begann ohne Aufforderung zu erzählen:

„Sie müssen entschuldigen, dass es bei mir so aussieht. Das ist noch das Haus meiner verstorbenen Eltern. Ich habe es vor zwei Jahren übernommen, als meine Mutter gestorben ist. Sie war lange pflegebedürftig und mein Vater ist, als ich erst sieben Jahre alt war, im Wald ums Leben gekommen. Ein Baum hat ihn erschlagen. Ich muss so nach und nach das Haus renovieren. Ich bin allein, aber unser ehrwürdiger Herr Pfarrer wird mir sicherlich dabei helfen. Der ist sehr geschickt und ich bin nämlich sehr gläubig, sollten sie wissen."

Die Frau redete in einfachen Worten. Sie war sehr mitteilungsbedürftig.

„Aber ich war nicht immer so fromm, aber das ist schon lange Zeit vorbei. Mein ehemaliger Mann hat getrunken und mich geschlagen, als wir noch in Fulda lebten. Schließlich verlor er dann seine Arbeit und irgendjemand musste die Familie ja durchbringen. Da hab' ich halt so Jobs angenommen, die nicht so ehrwürdig waren. Aber ich hatte ja nichts fertig gelernt, ich hatte doch schon so früh die Kinder bekommen, ich hatte nur mein gutes Aussehen, das ich anbieten konnte. Es war eine Notsituation, es ging uns allen nicht gut, wirklich nicht, gar nicht gut."

Die Frau war gerade im Begriff, ihre ganze Lebensgeschichte vor den Beamten auszubreiten, um die unumgängliche Mitteilung nicht hören zu müssen. So machte es zumindest den Anschein. Ihr Unterbewusstsein arbeitete perfekt. Sie wirkte nervös und gebrochen – eine kranke, vom Schicksal gezeichnete Frau, deren Sinne ihr nicht mehr gehorchten.

„Aber jetzt bin ich schon seit vielen Jahren wieder auf den rechten Weg gekommen und Gott wird mich sicherlich nicht für meine Sünden strafen. Ich habe sie alle gebeichtet". Mit ihren traurigen Augen schaute sie zu ihrem Pfarrer. „Um Himmels willen, ich habe ja ganz vergessen, Ihnen etwas zum Trinken anzubieten."

Frau Kaufmann schoss aus ihrem Sessel.

„Ich hole etwas aus der Küche", bot sie gastfreundlich an.

„Setzen Sie sich bitte wieder, Frau Kaufmann. Ich fürchte, wir haben eine traurige Nachricht für Sie", unterbrach Langner Frau Kaufmann in ihrem Tun und bereitete dem Spuk ein Ende. Im Geheimen ärgerte er sich über die grobe Art, aber auch ihn überforderte diese Situation. Die kranke Frau tat ihm leid.

Sina hielt sich wie angekündigt im Hintergrund. Sie versuchte, einen sachlich klaren Kopf zu behalten und sich ein Bild von der Lage zu verschaffen. Sie beäugte Frau Kaufmann, aber auch den Pfarrer, ganz genau.

„Es ist etwas Schlimmes mit meinem Sohn passiert, ist das richtig?", fragte Frau Kaufmann noch im Begriff in die Küche zu gehen und der kleinen Hoffnung in den Augen, mit ihrer Vorahnung falsch zu liegen.

„Ich spüre das doch, wenn was mit meinem Jungen ist."

Sina schälte sich aus dem Sofa und holte einen Stuhl aus der Küche. Sie stellte diesen vor Frau Kaufmann ins Wohnzimmer:

„Setzen Sie sich jetzt lieber hin, Frau Kaufmann."

„Ja, wir haben gestern Abend Ihren Sohn im Schlossgarten gefunden, tot. Es tut uns leid, Frau Kaufmann."

Langner biss sich auf die Lippe. Jetzt hatte er den Schwarzen Peter. Man konnte noch so lange überlegen, wie man eine solche Botschaft am besten überbringen könnte, auf eine annehmbare Antwort in einem solchen Fall kam niemand. Diese Nachricht bedeutete für Menschen, für Angehörige immer eine Katastrophe, egal welche Worte gefunden wurden, egal wie einfühlsam und rücksichtsvoll die Worte gewählt und formuliert wurden. Diese Frau, die sowieso schon die Hölle auf Erden durchlebt hatte, wurde nun in eine weitere Hölle der Verzweiflung, Hoffnungs- und Trostlosigkeit gestürzt.

‚Aber sie hat zumindest ihren festen Glauben und ihren Pfarrer, manche Menschen haben ja noch nicht einmal das', dachte Sina bei sich und bemerkte an der Körperhaltung und Mimik, wie Langner seine derzeitige Aufgabe an die Substanz ging. Etwas zum Festhalten, sei es auch nur der kleinste Halm, wäre jetzt für alle Beteiligten gut gewesen. Sie stellte fest, dass auch Langner ein ganz normaler Mensch mit Gefühlen und Ängsten war, genau wie sie. An manchen Tagen funktionierte das Abgrenzen super, aber dann gab es wieder diese Tage, an denen auch Polizeibeamte mitten in diesem Kochtopf standen. Da gab es keinen Unterschied zwischen Mann und Frau.

Jegliche Farbe wich aus Eleonore Kaufmann. Die Furchen in ihrem Gesicht vertieften sich sichtlich und sie alterte innerhalb von Sekunden um ein Jahrzehnt. Sie sagte nichts und um der Stille den Atem zu nehmen, ergriff Langner wieder das Wort:

„Ihre Tochter hat Konrad bereits identifiziert, das müssen Sie nicht mehr tun, es gibt keinen Zweifel, es handelt sich um Ihren Sohn."

„Nicht Konrad, nicht mein Konrad", mehr konnte Frau Kaufmann nicht mehr sagen, sank in sich zusammen und fiel vom Stuhl. Sie war bewusstlos.

„Um Gottes Willen", rief Sina. Auch wenn sie wie ein Schutzengel hinter dem Stuhl gestanden hatte, konnte sie den Sturz nicht verhindern. Der Pfarrer eilte sichtlich geschockt zu Frau Kaufmann und stützte deren Kopf. Sein Blick war leer. Auch er hatte augenscheinlich Mühe und Not, sich auf den Beinen zu halten. Die beiden Beamten leisteten sofort Erste Hilfe.

Mit Blaulicht wurde Frau Kaufmann vom verständigten Notarzt abgeholt. Sie wurde ins Krankenhaus nach Gersfeld gebracht.

„Wir hätten dann noch einige Fragen an Sie, Herr Pfarrer", sagte Langner.

„Können wir das nicht verschieben? Ich muss auch erst einmal diese schlimme Nachricht verdauen." Der Pfarrer bekreuzigte sich unentwegt.

„Sie sind ein Freund der Familie?"

„Ja, wir kennen uns schon seit vielen, vielen Jahren von religiösen Begegnungen und Pilgerfahrten her, entschuldigen Sie mich jetzt bitte, ich kann wirklich nicht weiterreden. Ich brauche jetzt mein Gebet."

„Noch eine Frage, wo waren Sie gestern Abend in der Zeit zwischen 21 und 22 Uhr?", mischte sich Sina ein.

„In meinem Zimmer im Gästehaus, hier in Hilders, allein."

Mit Pfarrer Polinski, der über die Maßen mitgenommen schien, vereinbarten Seefeld und Langner für den übernächsten Tag einen Vernehmungstermin im Präsidium. Er hätte sowieso in Fulda zu tun, sagte er und würde im Präsidium vorbeischauen. So ersparten sich die beiden eine weitere Fahrt in die Rhön. Darüber waren sie schon froh, zumindest Sina Seefeld war dankbar.

„Das war ja mal wieder ganze Arbeit, Langner", sagte Sina auf dem Weg zum Auto.

„Ja, hättest du eine bessere Idee gehabt, wie wir es ihr hätten sagen sollen? Ich hatte gehofft, der Pfarrer könnte eine Hilfe in diesem Moment sein, vielleicht mit Gebeten oder so. Aber auch weit gefehlt. Der stand auch nur blöd rum", ärgerte sich Langner und blieb abrupt stehen.

„Naja, jetzt erwartest du aber ein bisschen viel. Der war auch sichtlich geschockt. Der Pfarrer kommt mir auf eine bestimmte Art und Weise bekannt vor. Aber keine Ahnung woher. Kann ja von der Sache her nicht sein", entgegnete Sina und forderte Langner mit einer

Handbewegung zum Weitergehen auf.

„Wusste gar nicht, dass du alle Pfarrer im Umkreis kennst, bist wohl oft in der Kirche, was?"

„Könnte dir auch nicht schaden, mein Lieber."

Langner lenkte schnell auf ein anderes leidiges Thema und stellte beim Gehen sein schmerzendes Fußgelenk fest.

„Großartig, das hat sich heute auf ganzer Linie gelohnt."

Trotz allem war er zumindest froh, wieder im Freien zu sein, auch wenn kein Lüftchen wehte. Und auch Sina hatte in dem Haus förmlich den Eindruck gehabt, ersticken zu müssen.

„Komm, steig' ein, auf uns wartet noch jede Menge Arbeit. Auf jeden Fall stinkt da etwas ganz gewaltig zum Himmel – im wahrsten Sinne des Wortes. Was hältst du denn von dem Pfarrer?"

„Keine Ahnung, was soll ich schon von ihm halten? Ein Pfarrer halt", antwortete Langner. „Glaubst du etwa, der hat was mit der Sache zu tun?"

„Den Glauben hebe ich mir für die Kirche oder besser gesagt für mich selbst auf, was ich glaube, darauf kommt es auch erst einmal gar nicht an. Was wir jetzt brauchen, sind Fakten, Fakten und nochmals Fakten…"

Sina schaute auf die Uhr. Sie hatte heute Abend noch eine Verabredung, doch zuvor wollte sie sich gerne in der Gärtnerei, in der Konrad gearbeitet hatte, einen Überblick verschaffen.

Es handelte sich bei Sinas Verabredung um ein geheimes Treffen und davon sollte Langner auf keinen Fall etwas mitbekommen. Das Privatleben von ihr ging ihn definitiv nichts an. Seit Kurzem hatte sie eine Affäre mit einem Arzt aus dem Fuldaer Krankenhaus, verheiratet, zwei Kinder. Als „ein Verhältnis" wollte sie es nicht bezeichnen, denn das klang so kalt und geschäftsmäßig. Das Wort „Affäre" dagegen versprach Spannung und Spaß. Eine Glanzleistung ihrerseits oder beiderseits stellte das alles nicht dar, dessen war sich Sina bewusst, aber der Arzt tat ihr gut, auch wenn er selbst ein großes Paket voller Probleme mit sich herumschleppte. Er brachte sie auf jeden Fall auf andere Gedanken und das reichte ihr fürs Erste und auch fürs Zweite und darüber hinaus. Seine Probleme waren schließlich nicht ihre. Mit seinen Alkohol- und Tablettensüchten wollte sie nichts zu tun haben, aber das musste sie ja auch nicht. Sie genoss nur seine „Schokoladenseite". Außerdem bot er ihr mit seiner Auswahl der Hotelanlagen einen Luxus der besonderen Art, den sie in ihrer Unterwelt so gar nicht kannte. Oft trafen sie sich im Hotel Esperanto in Fulda. Auf eine feste Beziehung hatte sie sowieso keine Lust. Das war alles viel zu kompliziert. Fun, unverfänglich bleiben, aufhören, wenn man keine Lust mehr hat. Vielleicht hatte ihre Freundin und Kollegin Jana Schröder recht, wenn sie ihr auf den Kopf zusagte, sie sei bindungsgeschädigt, sie habe Angst, sich auf eine feste Beziehung einzulassen, weil sie Angst vor der Liebe habe. Und wenn schon, jeder durfte ja auf seine Weise glücklich werden.

„Fakten, Fakten", äffte Langner Sina nach. Er hasste es, wenn Sina nur ihre sachliche Art und Weise an den Tag legte. Und er hasste das Wort Fakten. Am liebsten hätte er ihr an den Kopf geworfen: Du Unmensch, du, aber er hielt lieber den Mund. Selbst bei geschulten Polizeibeamten kam es vor, dass die Emotionen blank lagen. Und wie oft kam es doch auch vor, dass die eine oder andere Begebenheit an die eigene Familiengeschichte erinnerte. So ging es zumindest Oberkommissar Mike Langner, der als Scheidungskind aufgewachsen war. In seiner Kindheit ging es immer um Termine, Fakten, Absprachen, Missverständnisse und Streit…

Am späten Nachmittag befragten Sina und Mike Konrads engste Kolleginnen in der Gärtnerei Kohl, getrennt voneinander. Die zwei Verkäuferinnen waren sichtlich entsetzt über die Nachricht von Konrads Tod; sie beschrieben ihn als eine besonders aufmerksame, lustige, aber auch an manchen Tagen nachdenkliche Person, aber keine konnte etwas über sein persönliches Umfeld sagen.

„Naja, manchmal hatte er schon so einen Touch, so anders halt, sie wissen vielleicht, wie ich meine."

Sina stellte sich gekonnt und wie so oft unwissend.

„Nein, was meinen Sie für einen Touch?"

Die schon etwas ältere, pummelige Gärtnereiangestellte Maya Larinski ruderte zurück: „Ich meine so einen Künstlertouch, für Kunst hat er sich sehr interessiert und für Mode, das konnte man an seiner Kleidung sehen und an seinen Fingernägeln. Seine Augenbrauen waren ebenfalls gezupft."

Auch Sina war das besonders gepflegte Äußere des jungen Mannes aufgefallen.

Er befand sich im dritten Ausbildungsjahr als Florist, nachdem er eine Ausbildung als Verwaltungsfachangestellter bei der Stadt abrupt abgebrochen hatte. Büroarbeit war wohl nicht so sein Ding, was er erst zu spät festgestellt hatte. In letzter Zeit sei er förmlich aufgeblüht, den Grund dafür kannten die Damen allerdings nicht.

„Er konnte gut mit Pflanzen umgehen, er sagte immer, er könne sie verstehen, sozusagen mit ihnen reden", berichtete Frau Larinski und belächelte ihre eigene Aussage.

„Naja, der war schon ein bisschen anders, halt speziell, aber auf seine Art einfach süß. Den konnte jeder nur gernhaben. Die Berufsschule war nicht so ganz sein Fall, da gab es einen Lehrer, der ihm ans Leder wollte. Aber keine Ahnung, was er damit gemeint hat. Er war immer mal etwas theatralisch drauf, wenn Sie wissen, was ich meine. Aufsehen erregen um jeden Preis und sein Äußeres bot dafür ja Zündstoff, der war ja schon wirklich schnuckelig", grinste die Kollegin, erlangte aber sogleich wieder ihre traurige und ergriffene Miene gekonnt zurück.

„Mir hat der schon auch sehr gut gefallen."

„Interessant", sagte Sina.

Sie schrieb sich die Namen und Adressen aller Mitarbeiterinnen und Mitarbeiter der Gärtnerei in einen kleinen Notizblock.

Für den Tatabend hatten die beiden Befragten ein aussagekräftiges Alibi.

Sie ließ sich die Adresse der Berufsschule und den Namen des Klassenlehrers von Herrn Winfried Kohl, dem kleinen, untersetzten, braunhaarigen Chef und Firmeninhaber der Gärtnerei, geben. Herr Kohl trug eine grüne Arbeitshose und ein grünes T-Shirt. Er wirkte sehr neutral, überaus sachlich und gelassen. Die Todesnachricht nahm ihn nicht sonderlich mit, was schon als auffallend gedeutet werden konnte.

Herr Kohl war sehr zufrieden mit der Arbeit von Konrad Kaufmann und beschrieb ihn als einen zuverlässigen und fleißigen Mitarbeiter, um den es sehr schade wäre.

„Schade, ja, das stimmt, so könnte man das natürlich auch formulieren. Die Angelegenheit ist aber mehr als schade", sagte Sina sarkastisch und verabschiedete sich von Herrn Kohl.

Es gab Menschen, die es doch immer wieder schafften, sie zu überraschen.

Dem Berufsschullehrer wollte sie so bald als möglich auf den Zahn fühlen. Von dem Gärtnerei-Chef war nicht viel zu erwarten. Er hatte keine wirkliche Beziehung zu dem Toten aufgebaut. Und auch er hatte ein Alibi, so gab er es zumindest an. Er war mit seiner Frau in der Sauna. Sina würde ihn trotzdem auf jeden Fall im Auge behalten.

„Der hat sehr desinteressiert auf mich gewirkt, meiner Meinung nach zu desinteressiert, aber vielleicht liegt das auch an unserer heutigen schnelllebigen Zeit, wer weiß", flüsterte Langner seiner Kollegin beim Verlassen der Gärtnerei zu.

„Die Mitarbeiterin hat mir übrigens bestätigt, dass es gestern in der Orangerie eine Kunstpräsentation gegeben hat, von der Konrad wohl über alle Maßen geschwärmt hat, also von der Kunstpräsentation, meine ich, und zu der er unbedingt hingehen wollte. Er hat, wie wir ja bereits wissen, in seiner Freizeit sehr gerne gemalt", berichtete Langner im Dienstauto weiter.

„In der Orangerie müssen wir auch noch unbedingt vorbeischauen. Ich habe bei meiner gestrigen Führung einige der Künstler auf der Terrasse gesehen, aber die Events sind ja für das Hotel und für die Jahreszeit ein Standardprogramm", erwiderte Sina.

Die Orangerie bot mit ihren historischen Räumlichkeiten, mit dem integrierten Hotel und dem vorzüglichen Essen einen idealen Rahmen für Veranstaltungen dieser Art.

„Apropos Führungen, ich muss dringend im Touri-Büro anrufen und meine vereinbarten Führungen absagen. Das schaffe ich im Moment beim besten Willen hinten und vorne nicht."

Sie nahm ihr Handy und gab kurz im Tourismusbüro Bescheid, damit entsprechender Ersatz für sie gefunden werden konnte. Ihre hauptamtliche Arbeit und vor allem der Fall gingen jetzt vor.

Ihren geplanten Urlaub in Rom hatte Sina bereits innerlich abgesagt und auf Wochen später verlegt. Der Petersdom, das Kolosseum, die Spanische Treppe, die Engelsburg, der Trevibrunnen..., alles musste warten. Sie hatte glücklicherweise noch keinen Flug gebucht. Dabei hätte ihr eine Auszeit so gut getan. Sicherlich machte zwar auch in Rom die Hektik und die Technisierung der heutigen Zeit nicht halt, aber ein Tapetenwechsel und ein Schwelgen in alten Zeiten, Museen und Sightseeing Attractions konnten Wunder bewirken und sie auf ganz andere Gedanken bringen.

Aber es war ihr Fall und sie wollte sich dessen Leitung nicht aus den Händen nehmen lassen.

Der Arzt sagte das geheime Treffen am Abend wie so oft kurzfristig schlicht und ergreifend per SMS ab. „Familiäre unvorhersehbare Verpflichtungen" waren der Grund dafür. Sina konnte damit leben, diese Affäre war sowieso definitiv am Auslaufen. Ein Mann, der sich so gar keinen Freiraum schaffen konnte, passte nicht zu ihr.

So verbrachte sie ihre freie Zeit an diesem zu Ende gehenden Tag mit ihrem Kater Harry Potter, der früher als sonst von seinen abendlichen Streifzügen in die Wohnung zurückgekehrt war. „Na, du Streuner, alles klar? Hast du wenigstens eine junge Katzendame aufgetan?“

Ein Schnurren musste ihr als Antwort genügen.

Von ihrem südlich gelegenen Wohnzimmerfenster aus konnte Sina den Blick in die freie Natur über die grünen weitreichenden Wiesen genießen – eine Atmosphäre, die wunderbare Ruhe und Frieden ausstrahlte. Das war genau das Gefühl, was Sina als Ausgleich zu ihrem turbulenten Arbeitsleben brauchte. In ihrer Wohnung roch es sommerfrisch; das Rauchen hatte sich Sina in ihren eigenen Räumen selbst verboten. Der Aschenbecher stand auf einem runden Tisch auf dem Balkon. Die Decken der Wohnung waren mit hellen Holzbalken verkleidet und über eine moderne Holztreppe erreichte man das offene Schlafzimmer. Die Wände wirkten in den Gelb- und Orangetönen sehr orientalisch und warm, die Fußböden mit Dielen oder Terrakotta Fliesen angenehm und robust, das Mobiliar modern und alt gemischt. Die Bilder in der Wohnung zeigten verträumte Landschaften oder mystische hintergründige Motive. Ausgefallene Lampen setzten Akzente. Eine Penthouse-Wohnung mit Stil. Noch ehe sie auf der hellen Ledercouch Platz genommen hatte, war Harry auf dessen rechte Armlehne gesprungen und breitete sich in voller Länge darauf aus. Sina kraulte ihn zärtlich am Nacken „Braver Junge.“

Sinas Bücherregal war überfüllt. Sie liebte Literatur über alles. Fieberhaft war sie auf der Suche nach ihrem Ziel, das ihrem Leben auf so schicksalhafte Weise fehlte. Aber je mehr sie las, desto mehr musste sie feststellen, dass es in keinem Meisterwerk darum ging, ein braves oder zufriedenes Leben ohne Risiko zu führen. Gerade Goethe war perfekt in der Lage, die schlechten Entscheidungen seiner Figuren zu rechtfertigen. Faust zum Beispiel schloss den Pakt mit dem Teufel Mephistopheles, was er im Nachhinein doch lieber nicht getan hätte, aber er hatte es getan, um ungehemmt sein Verlangen ausleben zu können. Sein Leben war beneidenswert bis zu dem Punkt, an dem er dafür büßen musste.

An diesem Abend holte sich Sina einen trockenen Rotwein und begann ihre Reise-Literatur über Rom mit Wehmut zu studieren – das war ausnahmsweise mal eine einfache Kost. Sie leerte Glas für Glas des guten Tröpfchens so lange, bis sie auf dem Sofa tief und fest eingeschlafen war. Harry Potter lag mittlerweile eingerollt zu ihren Füßen.

Ein Mordfall kommt selten allein

Sie schlief noch immer wie ein Murmeltier auf ihrem gemütlichen Sofa, als ihr Handy gegen 4:00 Uhr klingelte. Sie hatte selig geträumt mit schönen Bildern, wie früher als Kind, und später im Traum war es hell und warm. Nein, sie hörte das Klingeln nicht, sie wollte es auf gar keinen Fall hören. Aber da war mal wieder jemand sehr hartnäckig; sie schaute auf die Nummer. „Natürlich, immer im Dienst", murmelte sie und ging ran. „Ja, klar, natürlich schlafe ich, du Scherzkeks, hast du mal auf die Uhr geschaut? Wo? Gut, gib mir drei Minuten – dann komme ich."

Anrufe dieser Art kannte sie nur zu gut. Kommissarin Sina Seefeld zog sich wie ein Roboter mechanisch an. Sie hatte nun in der Tat eine sehr arbeitsreiche Woche hinter sich gebracht und sich eine Nacht der Erholung so sehr gewünscht. Ihr fehlte die Energie und sie war immer noch todmüde. „Wieder nichts mit ausschlafen, kann denn einfach mal nichts passieren", murmelte sie vor sich hin. Aber sie wusste es ja sowieso und sagte sich das in Gedanken immer wieder selbst: Wo sie hinzugerufen wurde, da kam jede Hilfe zu spät. Immer und immer wieder. Sie war nur da für die Ermittlungen, Fakten und Daten. Aufdecken unklarer Sachverhalte. Sie liebte ihren Job, aber manchmal hasste sie ihn auch. Vermutlich war das wieder so ein Fall. Sina hatte dafür meistens ein sehr feines Gespür, das sie aber am liebsten erst einmal für sich behielt. Sie ließ sich grundsätzlich nicht gerne in die Karten schauen.

Das Martinshorn hallte durch die Dunkelheit und machte die Nacht zum Tag. Polizei und Feuerwehr hatten für den Rettungswagen Platz gemacht. Die Straße war gesperrt. Die Autos, die nach Großenlüder fahren wollten, mussten einen Umweg in Kauf nehmen. Aber was war schon ein kleiner Umweg im Gegensatz zu den Geschehnissen? Die Sanitäter arbeiteten in ihrer routinemäßigen Ruhe und mit schnellen, festen und zielsicheren Handgriffen. Hektik wäre nicht die richtige Methode. Das strahlten diese Männer aus. Die Feuerwehr hatte ihre Arbeit bereits erledigt und das Dach des Autos aufgeschnitten. Die regennasse Fahrbahn machte es den Einsatzkräften nicht einfacher. Das Ausmaß des Unfalls war noch nicht bis aufs Letzte abzusehen, aber das war immer so, wenn sie gerufen wurden. Nie konnten Sanitäter, Polizei- oder Feuerwehrmann oder -frau wissen, was sie erwarten würde. Manches Mal ging alles sehr glimpflich ab, ein anderes Mal bot sich ihnen ein Bild des Schreckens. Sie hatten gelernt, mit diesen Bildern umzugehen, sie in eine Schublade zu stecken, die schnell wieder geschlossen wurde. Außerdem gab es die bekannten Verdrängungsmechanismen, die perfekt angewendet werden konnten. Das war bei all diesen Berufen gleich. Wie hätte man anders auf Dauer mit den Geschehnissen weiterleben können? In dieser Nacht bot sich den zu Hilfe eilenden Fachkräften wieder einmal ein Bild des Schreckens. Gegenstände, die in alle Himmelsrichtungen verstreut herumlagen, und ein Mensch, der sein Leben ausgehaucht hatte. Sina kannte diese Art von Unfällen nur zu gut. Es nervte sie sichtlich, in den frühen Morgenstunden wegen einem anscheinend doch ganz normalen Unfall gerufen worden zu sein. Sie brauchte genau wie jeder andere Mensch ihren Schlaf, auch wenn das niemand für möglich halten wollte. Ihre Laune hielt sich in Grenzen.

Der VW-Golf, der in einen Baum hineingerast war, sah nach einem Totalschaden aus.

Sina ging zu den Einsatzleitern. Dabei musste sie immer wieder über Einzelteile, die nicht zuzuordnen waren, treten. Mit ihrem geübten Blick scannte sie die Lage, vor ihrem geistigen Auge schoss sie Fotos in alle Richtungen. Noch nicht abschließend klar war ihr, warum sie nun zu diesem anscheinend doch so alltäglichen Unglücksfall gerufen wurde.

„Ist ja auf den ersten Blick erst einmal ein vermeintlicher Unfall", begann Sina das Gespräch mit dem ebenfalls verständigten Kollegen Langner, der es gewesen war, der sie mitten in der Nacht so unsanft geweckt hatte. „Was haben wir hiermit zu tun? Was soll die Kripo hier bearbeiten?

„Naja, wie man es nimmt", antwortete ihr dieser. „Fremdverschulden kann wohl nicht ganz ausgeschlossen werden, deshalb sind wir mit verständigt worden. Wir hatten einen anonymen Anruf in der Dienststelle. Es wurde von einer Hetzjagd in der Nähe von Großenlüder berichtet. Der Anrufer hat aber gleich wieder aufgelegt. Das könnte mit diesem Unfall hier zu tun haben.

„Die junge Frau ist mit vollem Karacho gegen den Baum geprallt. Ob sie unter Alkohol oder Drogeneinfluss stand, muss noch geklärt werden. Vermutlich ist sie auf der regennassen Fahrbahn ins Schleudern gekommen. Die Fahrbahn war so glatt wie Schmierseife. Erst die Hitze und dann der Regen. Und dann sind da noch Bremsspuren, die von der SpuSi ausgewertet werden müssen. Ich habe schon die KTU (Kriminaltechnische Untersuchung) und Jana angerufen."

„Aha, das sind ja mal ganz neue Geschichten. Kifft und säuft sich voll, achtet nicht aufs Wetter, vermutlich noch übernächtigt und fährt sich dann noch gegen einen Baum. Ein junges Leben hat sich einfach selbst ausgelöscht", urteilte Sina vorschnell und genervt. „Von wegen Hetzjagd." Ihre Laune wurde jetzt nur noch mieser, weil es für sie auf der Hand lag, an diesem Unfallort völlig fehl am Platz zu sein.

„Das steht ja nun noch nicht so ganz fest. Schau sie dir doch mal an, sie liegt da drüben auf der Decke", bat Langner. Er hatte sich bereits einen vollständigen Überblick über die Situation verschafft.

„Sie hat die schweren Kopfverletzungen nicht überlebt."

„Naja, sie wird sicherlich auch innere Verletzungen erlitten haben, bei dem Aufprall", antwortete Sina etwas forsch, indem sie sich umdrehte und in Richtung der jungen Frau lief.

„Die Frau ist mit überhöhter Geschwindigkeit gefahren", rief ihr Mike noch hinterher, „das war ein glatter Selbstmord oder eben Flucht. An dem Anruf könnte was dran sein."

„Ja, ja, das hab' ich auch schon mitbekommen, Selbstmord bei Regen mit Aquaplaning", meckerte Sina vor sich hin und zog sich beim Laufen weiße Handschuhe an. Sie war ein ausgesprochener Morgenmuffel.

Sie kniete sich vor die junge Dame und schaute ihr ins Gesicht und sah doch nur Schatten. Das Licht war zu dämmrig, um die Gesichtszüge genau erkennen zu können. Der Kopf war zertrümmert. Irgendwie kam ihr das Mädchen bekannt vor. Aber das konnte ja nicht sein. Niemand aus ihrem Bekanntenkreis fuhr einen VW-Golf.

„Es ist eine Schande, so ein junges Ding und wieder ein Opfer der Straße", lenkte sie sich ab.

Sie wusste nur zu gut, wie viele junge Menschen ihr Leben auf der Straße ließen, entweder, weil sie zu schnell fuhren, etwas zu sich genommen hatten oder schlicht und einfach übermüdet waren. Wie viele Schicksale standen dahinter. Immer wieder weinende Eltern, deren Schmerz niemand zu lindern vermochte. Familien, die mit einem Mal ausgelöscht wurden. ‚Sinnlose Tote, verschenkte Leben', so dachte Sina.

Sachte und vorsichtig schaute sie sich den Körper an. Dabei überkam sie ein merkwürdiges Gefühl, ein Gefühl, das sie nicht zuordnen konnte und ihr einen kalten Schauer über den Rücken laufen ließ. Sie hielt die junge Frau kurz am Arm fest und rief dann den Bestatter. „Von mir aus könnt ihr sie schon mitnehmen." Ihre Arbeit war erst einmal getan. Das dachte sie zumindest. Sie ging zu dem Golf und schaute in den Innenraum. Sina versuchte, sich wieder selbst auf die sachliche Ebene zu holen.

„Na, klingelt es? Der Wagen war ihr Eigentum. Hier hast du die Fahrzeugpapiere. Du, Sina, ich habe da noch eine Bitte; ich muss dringend heute Morgen zum obersten Chef Pfeiffer. Du verstehst? Könntest du bitte den Angehörigen des Mädchens Bescheid geben und auch sonst den Fall erst einmal allein weiter übernehmen?"

„Ich?"

„Ja, nur ausnahmsweise, ich kann ehrlich nicht, du hast auch was bei mir gut. Ich habe auch gestern das Ding in der Rhön allein geboxt und ich muss meinen Fuß noch sehr gut schonen. Ich brauche noch eine Mütze Schlaf, bevor ich zu unserem autoritären Höchsten gehe."

Sina verdrehte die Augen. Das war mal wieder typisch Mann. Was hatte diese Arbeit jetzt mit seinem verstauchten Fuß und dem Chef zu tun? Er sollte hier doch nicht joggen gehen.

Als könnte Langner Gedanken lesen, fügte er noch schnell hinzu: „Ich bringe unseren ‚Alten' damit war der Vorgesetzte gemeint – auch auf den neusten Stand unserer Ermittlungen, versprochen. Dann musst du erstmal nicht zu ihm."

‚Voll der wehleidige Ausdemstaubmacher', dachte sich Sina und war nur leicht von der Vorstellung besänftigt, in nächster Zeit nicht beim Chef vorsprechen zu müssen.

„Na super, das ist ja heute echt mein Glückstag und klingeln tut es bei mir fast immer, vor allem im Kopf."

Es wurde bereits hell; die aufgehende Sonne streichelte Sinas Gesicht.

„Also ist das gebongt?", wollte Langner sichtlich ungeduldig und abschließend wissen. Er war in Eile, trat von einem Fuß vorsichtig auf den anderen und jammerte über die Verstauchung vor sich hin; er hatte keine Zeit und Lust mehr, auf ihre Sprüche einzugehen. Mike setzte das weitblickende Wissen der Fachfrau voraus.

„Ja, gib die Adresse schon her." Langner drückte Sina einen kleinen

Zettel mit Adresse und Telefonnummer sowie den Fahrzeugschein in die Hand, lief noch immer schwer humpelnd zu seinem Dienstfahrzeug und war dann mal weg.

„Super, den Mist habe immer ich an der Backe, he, was meinst du denn jetzt genau mit dem ‚Klingeln'?"

Aber Langner war weg. Sina knüllte den Zettel kurzerhand ungelesen in ihre Hosentasche und trat gegen einen Baum am Straßenrand. Aber der blieb stehen. Sie warf noch mal einen Blick ins Auto und gab die sonst üblichen Anweisungen, die für diesen Fall notwendig waren. Sina erinnerte sich wieder an den Adresszettel, kramte ihn aus ihrer Hosentasche hervor und las ihn mit entsetztem Gesichtsausdruck. Als sie dann auf den Fahrzeugschein blickte, war sie noch mehr baff. „Karin Römer" stand auf ihm.

„Wie bitte? Was? Das kann doch nicht wahr sein!"

Sie setzte sich an den Straßenrand. Jetzt wusste sie auch, was Langner mit dem ‚Klingeln' gemeint hatte. Ja, jetzt auf einmal klingelte es tatsächlich bei ihr:

Die Freundin von Konrad Kaufmann war heute Nacht an diesem Ort auf eine schreckliche Weise ums Leben gekommen, nur einen Tag nach dem brutalen Mord an ihrem Lebensgefährten. Konnte das ein Zufall sein?

Die Aufräumarbeiten liefen weiter, aber Sina bekam das nur noch oberflächlich mit.

Bauchgefühl

Sie konnte aber nicht ewig am Straßenrand sitzen bleiben. Langsam und schwerfällig stand sie auf. Ihre Hose war feucht vom nassen Gras. Aber das bemerkte sie nicht. Das, was sie jetzt brauchte, war mal wieder eine Zigarette. Wenn das so weiterging, wurde sie wegen diesem Fall noch zur Kettenraucherin. Sie ging zu ihrem Auto, kramte im Handschuhfach und wurde fündig. Ans Auto gelehnt, steckte sie sich die Zigarette an und nahm einen kräftigen Zug. „Wunderbar, das tut gut", murmelte sie, als sie den Rauch gegen einen Baum blies, so als wolle sie ihm die Schuld für alles Schlechte auf der Welt zuschieben. Für sie hatte dieser tiefe Zug eine heilsame Wirkung. Sie spürte, dass ihre Lungen noch funktionierten. Sie war also noch am Leben. Und sie gab ihre trüben Gedanken für einen Moment ab, wohl wissend, sich damit selbst zu täuschen. Hier hatten jetzt die KTU, SpuSi, Gutachter für Verkehrsangelegenheiten, Dekra, TÜV Hessen etc. alle Hände voll zu tun.

Nachdenklich schaute sie auf die Adresse, packte sie in ihre Jeanshose und setzte sich nach dem Zerdrücken des Zigarettenstummels ins Auto. Sie kannte die Adresse und brauchte keine Daten in ihr Navigationssystem einzugeben. Es war nicht weit.

Die Straße war noch gesperrt, aber schon bald würden hier wieder die Autos fahren, so, als wäre nie etwas an dieser Stelle passiert. Niemand würde die Ereignisse in den frühen Morgenstunden erahnen können und das war auch gut so.

Obwohl sie ihren heiß geliebten Kaffee am Morgen vermisste, war Sina mittlerweile hellwach. Ihr war es mulmig zumute. Ihr Magen machte sich bemerkbar und ihr war übel. ‚Vielleicht hätte ich doch erst etwas frühstücken sollen'. Ihr fehlte die richtige Meinung. Aber eines wusste sie genau: Auf den Gang, den sie jetzt vor sich hatte, konnte sie dankend verzichten.

Die Ampeln hatten beschlossen, mal wieder auf „Rote Welle“ umzuschalten. Aber sie konnte ihnen nicht wirklich böse sein, im Gegenteil, sie hatte es nicht eilig. Irgendwann aber kam sie doch in der Straße an – in der Petersberger Straße.

Sie klingelte, aber nichts geschah. Es war noch recht früh am Morgen, 6.00 Uhr, vermutlich war Tanja Kaufmann noch nicht wach. Nach nochmaligem Klingeln öffnete sie in einem Morgenmantel schlaftrunken die Tür. Sie blickte erstaunt.

„Frau Seefeld, Sie schon wieder?“

Im Gegensatz zum Vortag sah Tanja Kaufmann gar nicht gut aus. Sie wirkte blass, zerzaust und viel zu dünn für ihre Größe. Sie hatte die Maske für den Tag noch nicht aufgelegt.

„Guten Morgen Frau Kaufmann, darf ich reinkommen?“

„Aber sicher, immer doch, haben Sie noch Fragen?“, entgegnete Frau Kaufmann eher sarkastisch und blickte dabei vorwurfsvoll auf ihre Uhr.

„Das kann man wohl so sagen!“

„Ich bin noch nicht wirklich aufnahmefähig um diese Uhrzeit.“

Sie lief voraus und bat Sina mit einer auffordernden Handbewegung an, die Wohnung zu betreten.

„Frau Kaufmann, setzen Sie sich doch bitte mal hin.“

„Ja, bitte, was ist denn nun schon wieder?“

„Ihre Mitbewohnerin, Karin Römer, ist nicht nach Hause gekommen.“

„Ich habe nicht nachgeschaut, bei dem ganzen Durcheinander hier. Aber sie ist ja auch alt genug und braucht keinen Babysitter.“

„Karin hatte einen Unfall.“

Tanja Kaufmann hörte zwar die Worte, die aus Sina Seefelds Mund sprudelten, aber es machte den Anschein, als würde sie diese nicht wirklich verstehen und eventuell auch nicht richtig hören.

„Wie bitte? Was haben Sie gesagt?“ Die Kommissarin wiederholte ihren Wortlaut.

„Nein, das kann nicht sein, sie wollte nur kurz was erledigen, sich kurz ablenken, eventuell zu einem Kumpel nach Großenlüder fahren. Sie konnte nicht schlafen. Es war schon fast 1.00 Uhr, als sie weg ist. Sie wollte dann aber wiederkommen. Ich hab' aber gar nicht darauf geachtet. Außerdem kann man in dem Alter auch mal einen Freund spät treffen oder auch mal durchmachen und eben woanders übernachten."

Sie lief zum Fenster, schob die Gardine auf die Seite, aber sah das Auto, den Golf von Karin, den sie oft in der Straßenquerseite parkte, nicht."

„Vermutlich hat sie keinen Parkplatz gefunden und steht jetzt woanders", murmelte Tanja Kaufmann vor sich hin. Aber sie wurde sichtlich nervös und ging automatisch auf Karins Zimmer zu.

„Nein, das ist nicht der Fall und ich denke, Ihrer Freundin war gestern Abend sicher nicht nach feiern zumute, Frau Kaufmann. Ihr Bruder, der Freund von Karin, ist nämlich gestern tot aufgefunden worden, erinnern Sie sich?"

Sie wollte gerade die Türe zu Karins Zimmer öffnen. Aber Sina hielt sie am Arm:

„Frau Kaufmann, Karin ist nicht in ihrem Zimmer, sie ist tot. Sie hatte einen Unfall gegen 3.15 Uhr heute Morgen."

Jetzt war es raus. Der Kloß, der in ihrem Hals steckte, war endlich weg, aber sie fühlte sich deshalb trotzdem nicht besser.

„Tot, das kann nicht sein, Karin auch tot."

Sie riss sich vom Arm der Kommissarin los und lief in Karins Zimmer. Ohne zu klopfen, riss sie Karins Zimmertür auf. Sie stand inmitten des Raumes. Das Bett von Karin war unbenutzt. Sie war nicht da. „Das kann nicht sein." Tanja ließ sich auf den Zweisitzer im gemeinschaftlichen Wohnzimmer fallen. Sina kam ihr nach. Ihr waren solche Situationen vertraut. Sie kannte nun ansatzweise diese Wohngemeinschaft, sie kannte die Personen und sie kannte mittlerweile zumindest teilweise deren schicksalhafte Lebensgeschichten.

Von drei in der WG lebenden Personen war nur noch eine Person übriggeblieben. Dafür hatte es nur zwei Nächte gebraucht.

Etwas leichter war es doch, solche Nachrichten wildfremden Menschen zu übermitteln. Da hatte sie zwar keine Routine, aber sie konnte ihre Emotionen besser steuern und bedingt auf eine Art Autopilot schalten. Aber Tanja Kaufmann war nicht mehr fremd. Dieser Fall war anders. Hier fand sie den Knopf zum Ausschalten der Gedanken nicht, obwohl sie ihn so krampfhaft suchte. Sie legte den Arm um Tanja. Sie sah ihrer Mutter sehr ähnlich, sie hätte die kleine Schwester sein können. Das Mädchen tat ihr leid. Mitgefühl war in ihrer Position in Ordnung, aber das Mitleid war einfach zu viel.

„Karin hatte doch seit dem Tod ihrer Oma niemanden mehr und musste sogar bis zu ihrer Volljährigkeit ins Heim. Dann stand sie auf eigenen Beinen. Ich habe sie trotz allem geliebt, das müssen sie mir glauben. Aber das kann doch nicht sein."

Es flossen keine Tränen – Frau Kaufmann stand sichtlich unter Schock.

„Wir haben den Ausweis bei ihr gefunden und auch die Fahrzeugpapiere, es gibt keinen Zweifel."

Tanja Kaufmann hörte Sina nicht mehr, sie hatte abgeschaltet. Sie stand auf und lief wieder zur Küche, um sich einen Schnaps einzuschenken.

„Ist irgendetwas hier in der WG vorgefallen? Es tut mir leid, aber ich muss Sie das jetzt fragen. Wo waren Sie zu der Unfallzeit?"

Es dauerte einen Moment, bis Tanja wieder auf Empfang geschaltet hatte.

„Vorgefallen, hier, hier ist immer etwas vorgefallen. Leben Sie mal mit drei unterschiedlichen Charakteren zusammen! Klar waren wir immer mal scheiße drauf. Wir haben auch alle schon was erlebt, davon können Sie nur träumen. Und zur Unfallzeit lag ich im Bett, mit meinem Freund, hier. Aber der musste heute schon früh weg. Der ist auf einem Messebesuch ‚Fit & Fun' in Duisburg."

„Haben Sie sich mit Karin gestritten?"

„Wir haben uns in letzter Zeit fast immer gestritten."

„Warum haben Sie sich gestritten?"

„Sie ging mir eben auf den Nerv."

„Könnten Sie mal etwas konkreter werden?"

Jetzt wurde Tanja Kaufmann wütend.

„Sagen Sie mal, machen Sie so etwas gerne, Todesnachrichten überbringen und dann noch ausquetschen bis ins Letzte?"

„Nein, ich mache so etwas nicht gerne, aber es geht jetzt auch nicht darum, was ich gerne mache und was nicht, sondern was hier läuft, meine Liebe. Erst vorgestern Abend ist Ihr Bruder tot aufgefunden worden und nun Ihre Mitbewohnerin Karin Römer. Das sind schon zwei reichlich komische Zufälle, finden Sie nicht auch?"

„Was wollen Sie damit sagen? Was meinen Sie eigentlich, wie ich mich fühle? Geben Sie mir die Schuld? Zwei Menschen, die ich geliebt habe, sind tot, verstehen Sie das?"

„Natürlich, Frau Kaufmann, meine Aufgabe ist es, in diesem Fall zu ermitteln, die Ursache zu klären."

Die Fortführung des Gesprächs machte keinen Sinn. Die Nerven lagen bei Frau Kaufmann blank.

„Ich muss gehen, wir melden uns wieder bei Ihnen. Kann ich noch etwas für Sie tun? Soll ich jemandem Bescheid geben?"

„Nein, es geht schon, ich rufe einen alten Freund an, er kommt sicherlich gleich vorbei und ich rufe auch selbst meinen Chef im Kosmetikstudio an."

Tanja Kaufmann wirkte plötzlich ungewöhnlich stark.

„Ich hatte Ihnen die Telefonnummer unserer Psychologin gestern gegeben. Nutzen Sie das Angebot", sagte Sina beim Verlassen der Wohnung. Auch am heutigen Tag erhielt sie keine Antwort.

Die Kommissarin machte sich auf den Weg ins Präsidium. Das mulmige Gefühl in ihrem Bauch wollte nicht verschwinden und sie schob diesen Zustand immer noch der Tatsache zu, noch nichts gefrühstückt zu haben. Sie liebte ein deftiges Frühstück. Spiegelei mit Schinken, Rührei oder Pfannkuchen. Ihre Gedanken schweiften erneut ab. Wie im Film sah sie Karin am Straßenrand liegen und dann Konrad im Schlossgarten und schließlich Tanja Kaufmann im Morgenmantel sitzend. Sie hatte der jungen Frau auch ihre eigene Visitenkarte dagelassen, für alle Fälle. Aber für welche Fälle? Was konnte sie schon tun? Jetzt fand sie es anmaßend, der Meinung zu sein, Frau Kaufmann helfen zu können. Wer war sie denn? Wollte oder brauchte diese Frau eigentlich Hilfe? Und wenn ja, dann sicherlich nicht von ihr.

Sie setzte sich die Sonnenbrille auf. Ein Gefühl von Sicherheit machte sich dadurch kurz in ihr breit, die an der Oberfläche blieb und nicht in ihr Innerstes drang. Sie wollte und konnte sich nicht erlauben, ohne Schutzhülle zu existieren. Kein Mensch durfte erkennen, wie es wirklich in ihr aussah. Das konnte auch niemand, denn sie wusste das selbst oft nicht. Abgehetzt kam sie in den Büroräumen an. Ein klägliches „Guten Morgen" erreichte nur knapp das Ohr ihres Kollegen Klaus Faust, dem kleinen, stämmigen Mann mit grauen, kurz geschorenen Haaren, sodass die Kopfhaut zu sehen war. Klaus blickte musternd über seine schwarze Lesebrille, die ihn etwas intellektuell erschienen ließ, zu Sina. Er trug ein sportliches Sakko lässig über seiner Jeans.

„So, jetzt brauch ich erst einmal einen Kaffee", stellte Sina fest, nahm ihre Dracula-Kaffeetasse, die noch aus ihren Jugendtagen stammte, und goss sich aus der Isolierkanne frischen Kaffee ein. Schwarz musste er sein und stark. Sie ließ sich in ihren Bürostuhl fallen und legte die Füße auf den Tisch. Diese gemütliche Pause hatte sie sich wirklich verdient. Genüsslich trank sie den ersten Schluck und zuckte abrupt zusammen. „Pah, wer hat denn die Brühe gekocht? Die kann kein Mensch saufen."

„Guten Morgen, meine liebe Kollegin, das war ich, liebe Kollegin“, antworte Klaus zynisch. Er wusste genau, heute war wieder so ein Tag, an dem seiner entzückenden Kollegin nichts recht zu machen war.

„Wo steckst du denn eigentlich die ganze Zeit? Langner und ich sind voll am Absaufen und Herr Faust macht sich einen schönen Lenz, oder wie?“

Klaus Faust ließ sich nicht aus der Reserve locken, blieb cool und souverän: „Die Arbeit ruft doch an so vielen Stellen, nicht wahr, Frau Seefeld? Du brauchst es dir übrigens gar nicht so heimisch zu machen. Wir müssen noch mal raus“, rief er Sina zu und bewarf sie dabei unsanft mit einem zusammengerollten Papierknöllchen. Sie hatte die Arme hinter den Kopf verschränkt, die Kaffeetasse vor sich stehen und lächelte ihrem Gegenüber gekünstelt zu. Er hatte es sich auf dem Platz von Langner gemütlich gemacht.

„Was gibt es denn wieder, hilfsbereiter Kollege?“

Die Zentrale hatte einen Anruf. Es gibt einen Toten. Die Zeiten, in denen sich Sina beeilte, wenn ein solcher Anruf sie erreichte, lagen schon lange zurück. Sie konnte sowieso nichts mehr ändern. „Was ist denn heute Morgen eigentlich los, Scheiß-Tag“, stellte Sina fest. Und auch Klaus kam an diesem Morgen nur mäßig in Wallungen. „Ach menno, Klaus, ich muss noch einen Bericht schreiben. Hat das nicht noch Zeit? Das muss heute noch zum Staatsanwalt, da müssen noch einige Maßnahmen in Auftrag gegeben werden. Vermutlich Obduktion usw.“

„Du weißt doch, Zeit ist relativ“, antwortete Klaus lässig.

„Wo müssen wir hin?“ Er drückte ihr den Zettel mit der Adresse in die Hand. Und Sina erinnerte sich sofort wieder an die frühen Morgenstunden. Dieser Zettel, den Mike ihr in die Hand gedrückt hatte, die Adresse von Karin Römer. Dieser Tag war verhext, das stand fest.

„Vermutlich wieder mal ein überflüssiger Toter.“

„Na klasse, und wir müssen wieder den Mist wegräumen“, knurrte Sina vor sich hin. Klaro, alias Klaus Faust, fasste Sina aufmunternd an die Schulter und lief schon mal aus dem Zimmer. Dabei sagte er:

„Okay, okay, ich übernehme heute Morgen die Führung.“

Sina hatte überhaupt keine Lust, mit Klaro aufzubrechen. Aber es bliebt ihr nichts anderes übrig:

Bei einem Todesermittlungsverfahren gem. § 159 StPO (Strafprozessordnung) in Verbindung mit § 163 StPO müssen die Beamten nun einmal bei einem Anfangsverdacht einer Straftat immer zu zweit erscheinen. Bei Bedarf wird die Spurensicherung hinzugeholt, sobald vor Ort der Hinweis vorliegt, dass der Verdacht einer Straftat vorliegen könnte.

Es war nun einmal der Job, den sie sich ausgesucht hatten. Ob er ihr an manchen Tagen schmeckte oder nicht. Es gab auch andere Tage. Tage, an denen es eine Leichtigkeit war, die Dienststelle zu betreten. An denen die Welt einfach nur in Ordnung war. Heute war wieder definitiv einer dieser Tage, an dem es den Anschein hatte, die ganze Welt würde zusammenbrechen oder hätte sich gegen sie verschworen. Junge Menschen, Jugendliche, die keinen Sinn mehr in ihrem Leben sahen und es einfach wegwarfen, Gewaltverbrechen, Suchttode, Überfälle, Prostitution, unnatürliche Tode…

Auf der Frankfurter Straße staute es sich wie so oft, aber für Blaulicht bestand kein Anlass. Klaus hielt vor einer Ampel. Die Julisonne knallte ins Auto und blendete die beiden Insassen ein wenig. Und wieder erinnerte sich Sina an den frühen Morgen, an die ersten Sonnenstrahlen dieses Tages. Dieser Fall ließ sie nicht mehr los.

„Wenn wir zurück sind, muss ich unbedingt an den aktuellen Fall, da muss es weitergehen, damit er hoffentlich bald gelöst zu den Akten kann.“

„Scheint dich ja mitzunehmen, Frau Kommissarin“, frotzelte Klaus wenig einfühlsam.

Aber Sina hörte den Kommentar gar nicht. Die Ampel wurde grün und Klaus legte einen Zahn zu.

Als sie im Wohngebiet ankamen, hatte sich die Sonne verzogen – der Himmel war mit dunklen Wolken verhangen. Ein leichter Wind wehte. Da schien sich schon wieder ein Gewitterschauer anzubahnen. Sina schaute genervt zum Himmel. ‚Hätte ich heute nur meine Regenjacke mitgenommen, das hätte sich schon gelohnt.' Ihre knallenge Jeans zwickte sie in allen Ecken. ‚Was hatte eigentlich diese Karin an, ob sie sofort tot war?' Ideenflüchtige Gedanken, die sie nicht beeinflussen konnte und sie fast schon beunruhigten, wanderten in ihrem Kopf auf und ab. Sie hatte Kopfschmerzen.

‚Ich muss unbedingt zwei Kilo abnehmen und trainieren', schoss es ihr weiter durch ihren brummenden Schädel und sie lenkte sich damit gleichzeitig ab.

Klaus klingelte an der braunen Haustür. Nichts geschah. Jetzt klingelte sie noch ein zweites Mal. Wieder nichts.

„Komm, wir gehen mal ums Haus", sagte er.

Sina stapfte ihm unmotiviert hinterher. Sie gingen an der großen Doppelgarage vorbei und kamen bei einer offenstehenden Scheune an.

Ihre Waffen P 30 hatten sie natürlich immer dabei. Bereit, sie jederzeit zu ziehen. Der Instinkt und die Intuition waren auf Automatik gestellt und zur rechten Zeit und am rechten Ort abrufbar.

Nie konnten sie vorher wissen, was sie erwartete und was auf sie zukam. Das waren die Situationen, in denen der Adrenalinspiegel stieg. Manchmal hatte man sich schon an diese Art von Kick gewöhnt und Sina brauchte ihn sogar, wenn sie ehrlich war. Ein ruhiges, normales Leben kam für sie nicht in Frage. Sie liebte Aktion. Langeweile konnte sie nicht gebrauchen. Langweilen konnte sie sich noch genug, wenn sie unter der Erde lag. Unter Umständen hatte sie in ihren Berufsjahren bei der Polizei schon zu viele Leichen gesehen und eine etwas andere oder verschobene Einstellung zum Leben und zum Tod. Vielleicht war sie nicht normal. Manchmal dachte sie schon: ‚Hey, in deinem Kopf stimmt was nicht. Ich bin nur noch hart, sachlich, akribisch, berechnend. Herzlich und liebevoll eher selten'. Ein Wechselbad ihrer selbst, Gefühle ließ sie meistens nur vor dem Fernseher zu. Emotionen konnte sie nicht gebrauchen. Diese konnten ihr nur schaden, wie der aktuelle Fall ihr bestätigte. Eine antrainierte Sensibilität reichte für diesen Job vollkommen aus. Vielleicht hätte sie doch Geschichte oder Theologie studieren sollen, um sich ihre Menschlichkeit zu bewahren. Die Heiligen und deren besonders starker Glaube beeindruckten sie schon sehr, besonders das Leben des Heiligen Bonifatius und der Heiligen Elisabeth, die sie immer wieder bei ihren Führungen im Fuldaer Dom antraf und erwähnte. Deren Leben, Wirken und Sterben hatte einen Sinn und war faszinierend. Sie hatten sich aufgeopfert, aber tat sie das nicht auch auf eine indirekte Weise? Auch Sina gehörte dem christlichen Glauben an. Durch ihre täglichen Erlebnisse und Erfahrungen kam der aber oft ins Wanken. Tag für Tag stand sie vor dem Abgrund menschlichen Verhaltens, davor, was die Kirche Sünde nennt. Doch so einfach war es in vielen Fällen nicht. Nur allzu oft handelten die Menschen so anders, als die Institution Kirche es von ihnen erwartete, aber oft konnten diese Menschen durch ihre Vergangenheit, durch ihr zerrüttetes Elternhaus, durch ihre Lebensgeschichte gar kein anderes Verhalten an den Tag legen. Und wo war die Hilfe von außen? Wie oft standen diese hilfsbedürftigen Menschen im wahrsten Sinne des Wortes vor verschlossenen Türen? Niemand da, der sie öffnete. Wer hatte da das Recht zu urteilen und später sogar zu verurteilen? Diese Frage stellte sich Sina oft, aber vermutlich machte sie sich einfach zu viele Gedanken, wie so oft.

Den Beamten zeigten sich im Eingang zu der Scheune Bilder des Grauens.

Eine dunkle, trübe Wolke mit Fratzen blickte von oben auf das Gebäude. Sina hatte zumindest diesen Eindruck und schaute kurz zum Himmel und wieder auf die Erde.

Hinter dem Traktor saß auf einem Hocker eine Frau, über ihr baumelte ein Mann an einem Strick, vermutlich ihr Mann. Ein Anblick, der einem normalen Menschen das Blut in den Adern gefrieren ließ. Die aufgerissenen Augen des Mannes blickten ins Leere, sie blickten starr und kalt, sein Körper glich dem einer Puppe, baumelnd, schlaff, leblos. Die Frau hatte ihren Kopf in ihre Hände gestützt und summte eine Melodie vor sich hin. Dabei wippte sie mit dem Oberkörper vor und zurück und berührte dabei unweigerlich die Füße des toten Mannes. Es war kaum vorstellbar, dass diese Frau noch vor wenigen Minuten selbst die Polizei verständigt hatte, vielleicht mit der Hoffnung auf ein Zurückdrehen der Uhr. Für sie war abrupt die Zeit stehen geblieben. Sina blickte zu Klaus, der sich zu der Frau hinunterkniete und einen Arm um ihre Schultern legte. Die Lage war auf Anhieb klar. Der Mann hatte sich erhängt, seine Frau hatte ihn gefunden. Sina schaute kurz noch mal zu dem Mann in die Höhe. Sie scannte sich die Bilder dieses Tatorts, brannte sie sich auf ihre Festplatte und konnte sie bei Bedarf wie einen Film abrufen.

„Ich sag Bescheid, mach du weiter", trug sie ihrem Kollegen auf. Ihre Augen trafen sich, in diesen Momenten verstanden sie sich ohne große Worte. Die verquollenen Augen von Klaus, die durch die Beschaffenheit seiner Augenlider klein und abgeklärt wirkten, blitzen Sina an.

Sie lief aus der Garage zum Auto und verständigte das Präsidium: „Mal wieder ein Familiendrama", setzte sie völlig emotionslos ihren Kollegen Rudolf Meier im Präsidium in Kenntnis, den sie anrief, weil die Leiche geborgen werden sollte:

„Lasst euch ruhig Zeit, der rennt euch nicht mehr weg."

Der Notarzt, ein Notfallseelsorger und ein Leichenwagen waren angebracht.

Aber das hier war ein für sie normaler Fall, das spürte sie. Ein Fall, der auf der Hand lag. Ehedrama, Geldsorgen, Lebensmüdigkeit, Überforderung, eventuell. Sie zündete sich eine Zigarette an, zog daran und atmete tief ein. Ihren Organen würde das nicht guttun, aber irgendein Laster brauchte doch der Mensch. Manchmal brauchte er in dieser Zeit auch mehrere.

Sina war für heute restlos bedient. Sollten die anderen Kollegen den Einsatz beenden. Sie stimmte sich kurz mit Klaus ab.

„Ich regele das hier und fahre mit den anderen zurück“, verkündete dieser und Sina konnte den Tatort getrost mit dem Dienstwagen verlassen. Der junge Mann hatte sich aus Liebeskummer umgebracht und es gab sogar einen Abschiedsbrief, den Klaus in der Wohnung gefunden hatte. Die Beweislage – wenn man denn von einer solchen sprechen konnte – lag glasklar auf der Hand. Ein einfacher Fall. Es waren mittlerweile genug Kollegen vor Ort, die Klaus unter die Arme griffen. Sina brauchte jetzt eine Auszeit. Das wusste Klaus instinktiv und er selbst hatte auch noch seine eigenen Pläne, die er verfolgen musste. Er verstand nicht, was Sina wirklich umtrieb und was in ihrem Kopf vorging. Und das wiederum machte ihn etwas unruhig.

Klaus nervte insgeheim die Tatsache, für die völlig verzweifelte junge Witwe da sein zu müssen, bis der Notfallseelsorger vor Ort sein würde. Er machte die Arbeit nun schon sehr lange. Tagein, tagaus – Missstände, Missbrauch und Gewalt an jeder Ecke. Gerechtigkeit gab es in dieser Welt sowieso nicht. Außerdem musste er dann auch noch dem Staatsanwalt den Bericht vorlegen.

Aber auch das gehörte zu seinen Aufgaben, so lange zu bleiben, bis alles geregelt war, ob er wollte oder nicht.

Auch Sina wusste von der hohen Selbstmordrate, gerade junger Männer, und sie wusste auch, dass der wahre Grund der Taten oft die Angst vor der Liebe war. Das Ego spielte ihnen vor, dass Liebe verletzend ist und sie taten alles, um auch diese Situationen hervorzubringen, in denen dann auch genau das geschieht. Aber vielleicht war diese Analyse wirklich zu einfach. Sie steuerte auf das Waldgebiet Sickels zu. Da gab es ein geheimes Plätzchen, das sie für sich ganz allein ausfindig gemacht hatte. Hier saß sie oft, wenn sie über ungeklärte Fälle nachdenken musste, keine Lösungen griffbereit hatte, sich krampfhaft versuchte, in den Täter hineinzuversetzen oder einfach abschalten wollte. Heute wollte sie nur abschalten, eine Kopfschmerztablette hatte sie einstecken und bereits mit einem Schluck Wasser eingenommen. Sie lief ein Stück querfeldein und stolperte über einen Stein. „Mist, heute geht auch wirklich alles schief." Sina setzte sich auf eine Holzbank und schaute mit zugekniffenen Augen zur Sonne. Sie hatte ihre Sonnenbrille im Auto vergessen und fühlte sich ohne diese nackt und durchschaubar. Ihr fiel augenblicklich der Fall von vor einem Jahr ein: Ein Zugunglück mitten im Sommer. Ein 20-jähriger junger Mann hatte sich auf die Schienen gelegt, kein Bock mehr aufs Leben, obwohl nach außen hin alles gut lief. Musisch sehr begabt, das Studium in vollem Gang, aber trotzdem für ihn alles sinnlos im Leben. Der heranfahrende Zug konnte nicht mehr rechtzeitig bremsen. Sie war die zuständige Ermittlerin, diejenige, die sich vor Ort von der Lage ein Bild zu machen hatte und die Nachricht den Eltern überbringen musste. Warum fiel ihr gerade jetzt wieder dieser Fall ein? Eventuell wegen den jüngsten Ereignissen, dem Unfall und dem Selbstmord am Morgen. War es wegen der jungen Menschen, die ihr Leben viel zu früh wieder hergeben mussten, es sogar freiwillig hergaben oder war es die Verkettung unglücklicher Zufälle, das Stolpern über den Stein oder vielleicht der Zug, der mit dem Zug des Lebens verglichen werden konnte? Der Zug, der manchmal stoppt, fährt, anhält, wenn man Pech hat, zu spät anhält, einen gar nicht mitnimmt oder man vielleicht falsch eingestiegen ist. Oder gab es gar keine Zufälle? Erfüllten diese Menschen nur ihren Lebensplan? Lebten sie ihre Geschichte, die nun einmal so und nicht anders geschrieben stand, auf welchem Blatt auch immer?

Was war eigentlich mit ihrem eigenen Zug? Manchmal hatte sie den Eindruck, alle anderen saßen bequem in ihrem Abteil, nur sie war diejenige, die hinterherlaufen musste, weil an ihr alles wie ein Film vorbeilief oder sie die Zusammenhänge nicht verstand, nicht verstehen konnte, solange und sooft sie sich auch den Kopf zerbrach. Vielleicht würde sie diesen Zug nie erreichen und niemals wirklich an ihrem Ziel ankommen.

Sie hatte Angst und sie war durcheinander...

Sina fiel in einen leichten Schlaf. Im Tagtraum traf sie auf ihren verstorbenen Vater. Eine in Nebel gehüllte Person, die sie in letzter Zeit schon öfter in ihren Träumen wahrgenommen hatte, stand direkt neben ihr und sah sich diese Begegnung mit an. Wer das war, wusste sie nicht, noch nicht.

Loslassen

Sina schreckte auf. Sie war doch tatsächlich am helllichten Morgen auf dieser harten und nicht sehr bequemen Bank eingeschlafen. Sie erinnerte sich kaum noch an ihren Traum; doch zumindest daran, dass er trotz der ganzen Aufregung des Falles beruhigend wirkte und ihr neuen Mut gab. Warum freute sie sich nicht einfach über den Tag?

Gab es eigentlich einen besonderen Grund, warum sie auf der Erde war?

Sie fand keine Antwort darauf.

Sina wusste, sie musste sich im Loslassen üben. Festhalten brachte nur Abhängigkeit und Leid. Und die Dinge waren oft anders, als sie schienen.

Es machte allerdings auch keinen Sinn, am Waldesrand im wahrsten Sinne des Wortes Wurzeln zu schlagen und sitzen zu bleiben. Die Ausgeglichenheit und die nötige Kraft, die sie suchte, hatte sie in ihrem Traum gefunden, aber die Realität sah doch wieder anders aus. Am besten wäre es, in die Dienststelle zu fahren, in den Trainingsraum zu gehen oder sich für Schießübungen einzutragen. Gerade beim „Ballern“ konnte sie sich immer wunderbar ihr Gehirn „frei“ machen und beim Trainieren spürte sie, wie ihr Blut in ihrem Körper in Wallung kam und alles in ihr pulsierte. Einfach den Kopf abschalten, nicht mehr denken müssen, die Kontrolle abgeben, das Gefühl von Freiheit und Grenzenlosigkeit genießen. Sie würde sich an diesem Tag für den Fitnessraum entscheiden. Ihr „privater Arzt“ hatte ihr sowieso empfohlen, noch mehr Sport zu treiben. Aber der hatte ja eigentlich auch keine Ahnung, was sie wirklich brauchte und ihr war auch klar, was er in Wahrheit von ihr wollte. Aufreizend und knackig sollte sie für ihn sein – eine Beziehung, die auf einer rein sexuellen Ebene ablief, nicht mehr und nicht weniger. Von der Vergänglichkeit wollte ihr Arzt nichts wissen. Aber der hemmungslose, grenzenlose Sex sorgte bei Sina für einen klaren Kopf und für eine kurzzeitige Entspannung. Alles war dabei erlaubt, nichts schien verboten, auch wenn die Welt andere Regeln vorgab. Experimentierfreudigkeit brachte Sina mit. Es gab für sie keine Tabus, solange dabei jeder seinen Spaß hatte. Vielleicht würde sie den Herrn Doktor nachher mal ansimsen, ganz unverbindlich, versteht sich.

Ablenkung um jeden Preis

Sinas Herz klopfte schnell. Sie hatte sich beim Ausdauertraining im Fitnessraum völlig verausgabt. Spinning bis zum Umfallen! Ein Maß und ein Ziel gab es für sie nicht. Sie trocknete sich den Schweiß mit einem Handtuch und schaute auf die Uhr. Es war Nachmittag und Zeit, mit diesem verflixten Bericht zumindest zu beginnen, vom „zu Ende bringen" war sie noch meilenweit entfernt. Sie trank eine Flasche Mineralwasser, ohne auch nur einmal abzusetzen. Diese Unruhe, die sie seit dem Morgen in sich trug, war immer noch nicht ganz verschwunden und Sina erhoffte sich unbewusst eine Besserung bei der Bearbeitung des leidigen Falles. Am liebsten hätte sie wie ein kleines Mädchen einen Schwamm genommen und die Tafel und die Ereignisse ausgelöscht, aber so sehr sie auch in ihrem Geiste wischte, die Gedanken ließen sie einfach nicht los und je mehr sie diese gelöscht haben wollte, desto mehr Kreidestriche erschienen auf ihrer Tafel. Das Training am heutigen Tag hatte sie beendet; sie nahm ihre Cremedusche aus der Tasche und ging zu den Nasszellen.

Sie ließ das kalte Wasser auf ihre glatte Haut prasseln und schloss dabei die Augen. Die Wassermassen flossen an ihrem ebenmäßigen, wunderschön geformten Körper zu Boden und es schauderte sie für einen Moment. Sie drehte das Wasser auf heiß. Einen Mittelweg gab es für sie nicht. Es gab nur schwarz oder weiß, schnell oder langsam, heiß oder kalt. In ihr brodelte ein Vulkan, der jeden Moment zum Ausbruch kommen konnte.

Abgehetzt, aber frisch geduscht und wohlriechend, kam sie an ihrem Arbeitsplatz an.

Klaus konnte sich einen Kommentar nicht ganz verkneifen: „Na, da bist du ja auch mal wieder. Hast dich ganz schön lange verkrümelt. Bei dir läuft ja heute anscheinend alles rund. Trotz Auszeit keine wirkliche Entspannung in Sicht, Frau Kommissarin?"

Sina warf ihm einen ihrer aussagereichen, mürrischen Blicke zu. Die Luft war zum Schneiden. „Naja, du musst doch ganz still sein, in letzter Zeit hast du dich doch auch nicht gerade mit Ruhm bekleckert. Wo rennst du denn eigentlich den lieben langen Tag rum?"

„Schon gut, Frau Superkommissarin hat mal wieder schlechte Laune, ich wollte eh noch mal raus, bei dir stapelt sich echt die Arbeit. Aber, bye, bye, ich verschwinde aus deinem negativen Energiefeld. Aber bevor ich es vergesse: Deine beiden Leichen sind vom Staatsanwalt zur Obduktion freigegeben. Ach ja, und noch etwas, der Lehrer ist heute Nachmittag in der Schule, wenn ihr zu dem wollt. Um 15.30 Uhr hat er Zeit für Euch. Die Unterlagen von dem Früchtchen liegen bereits auf deinem Tisch. Den solltet ihr euch mal anschauen."

Und weg war er.

Mit den bevorstehenden Obduktionen stand nun aber auch für Tanja Kaufmann und für die Familie fest, die erste Trauerphase – die sogenannte Schleusenzeit -, die zwischen dem Tod und dem Begräbnis liegt, so nicht durchleben zu können und die Toten gefühlsmäßig ein zweites Mal an die Gerichtsmedizin hergeben zu müssen. Ein endgültiges Abschiednehmen bei der Beerdigung musste warten. Die Leichen waren beschlagnahmt.

Mittlerweile war auch Langner wieder an seinem Schreibtisch. Mit einem Augenzwinkern rief er: „Na, Sina, alles im Griff auf dem sinkenden Schiff?" Keine Antwort war auch eine Antwort.

Der Blick auf ihren Tisch versetzte sie in keine bessere Stimmung. Das Gegenteil war der Fall. Da lag ein Brief auf ihrem Schreibtisch, ohne Briefmarke, ohne Angabe des Absenders, aber mit ihrem Namen und der Adresse der Polizeidirektion versehen. Den musste jemand in den Briefkasten an der Pforte geworfen haben.

„Na, einen heimlichen Verehrer, außer mir?“, flötete Langner, und Sina verzog genervt das Gesicht.

„Wenn's so weit ist, sag ich dir Bescheid, natürlich auch, um wen es sich handelt. Du hast doch deine Hormone so gar nicht im Griff, was Langner?“

„Ich bin ja schon ruhig. Sei froh, solange du mich noch hier hast.“

Langner kannte Sina mittlerweile gut und jetzt stand die Ampel definitiv auf „Rot“ bei ihr. Aber er wusste auch, wie er sie aus dem Schneckenhaus locken konnte.

„Ach, super, hast du eine neue Flamme? Oder was sollen die Andeutungen?“

„Nein, mein Schatz, falsch geraten, ich möchte mich befördern lassen und dazu muss ich vielleicht dich und meinen Schreibtisch in diesem Büro verlassen. Unseren Klaus werde ich ehrlich gesagt weniger vermissen. Mal sehen, was der Haushalt des Landes so zulässt, es kommt ja auch immer auf die politische Lage an, meine Liebe.“

„Ach, nein, das auch noch. Deswegen musstest du also so schnell, frisch und fromm zum Chef.“

„Frisch ja, fromm nein.“ Langner grinste breit.

Mike nervte zwar hin und wieder mit seiner strapaziösen Art, aber Sina wusste trotzdem, was sie an ihm hatte. Darauf wollte sie nur ungern verzichten. Sie hatte sich schlicht und ergreifend an ihn gewöhnt.

„Das kann doch jetzt nicht dein Ernst sein!“

Sina war sichtlich geschockt und Langner sichtlich überrascht. So viel Anhänglichkeit hatte er seiner Kollegin gar nicht zugetraut.

„Naja, du musst tun, was du tun musst“, sagte sie in einem etwas beleidigten Ton abschließend.

„Der Tag hat sich ja noch nicht geneigt.“

Sina warf ihm bei diesem Satz einen letzten fragenden Blick zu, denn Langner und Bibelsprüche, das passte ja so gar nicht zusammen. Außerdem war sie doch fast der Versuchung erlegen, ein echtes Gefühl öffentlich diesem Langner zu zeigen.

Aber sie hatte sich sehr schnell wieder im Griff.

„Komm, Süße, ich bestell' uns was beim Chinesen. Welche kulinarischen Wünsche hast du? Wie wär's mit Ente süßsauer?"

Langner kannte die Knöpfe nur allzu gut, mit denen er Sina wieder besser stimmen konnte, aber heute war ihr nicht nach leckerem Essen mit Langner zumute. Das musste ausfallen, ihre Knöpfe waren definitiv blockiert, auch ihr Magen.

„Hast du mal auf die Uhr geschaut? Mittagszeit ist schon lange rum, Langner, deine Ente kannst du allein fangen und essen."

Sina wandte sich den wichtigen Dingen des Lebens – nämlich ihrer Arbeit – zu und öffnete endlich den anonymen Brief auf ihrem Schreibtisch und begann Wort für Wort zu lesen:

Ich glaube, ich kenne den Mörder, Konrad hatte einen wichtigen Fund gemacht und nichts darüber verlauten lassen, er hat sich falsch und leichtsinnig verhalten und dies mit seinem Leben bezahlt. Er hätte zur Polizei gehen müssen, aber er hat die Kirche vorgezogen. Er fehlt mir so sehr, ich bin am Ende. Ich sage Ihnen, was ich weiß, rufen Sie mich an, bald. Ich habe große Angst. Grüße, Karin Römer.

Seefeld legte Langner den Zettel wortlos auf seinen Schreibtisch, der ihn aufmerksam las. „Na, das Mädel hatte es sich dann wohl schlagartig anders überlegt und eher den Tod vorgezogen. Die hatte vermutlich zu viel Angst. Aber wovor? Auf der anderen Seite kann diesen Brief doch jeder geschrieben haben, keine persönliche Unterschrift, nichts."

Ja, das hatte Sina auch schon bemerkt. Was für ein Spiel wurde gespielt? Stammte der Brief von Karin oder war er Fake? Wurde die junge Frau etwa in den Tod getrieben? Darüber musste sie selbst erst einmal Überlegungen anstellen. Mittlerweile machte sie sich ernsthafte Gedanken um ihren eigenen gegenwärtigen Gemüts- und Geisteszustand.

„Komm Langner, wir fahren nochmal raus, die Ermittlungen müssen weitergehen, die Aufklärung ruft förmlich nach uns. Der Bericht muss mal wieder warten."

Vertrauensperson des öffentlichen Lebens

Die Berufsschule des Landkreises Fulda lag ruhig und still außerhalb der Innenstadt. Die Vögel zwitscherten unbekümmert ihre Lieder von den umliegenden Bäumen. Ihnen machte die langanhaltende Hitze nur halb so viel aus wie den Menschen.

Seefeld und Langner betraten das große, offene Schulgelände, auf dem ihnen noch vereinzelt Schülerinnen und Schüler, die höflich grüßten, begegneten.

„Da soll doch noch mal einer sagen, die Jugend habe keinen Anstand. Ist doch super, wie die sich benehmen."

„Langner, bleib einfach beim Thema. Wir wollen in den Ermittlungen vorankommen und nicht Moralapostel oder Retter der Welt spielen."

Sie betraten das große Schulgebäude und trafen auf einen kleinen Mann mittleren Alters.

„Guten Tag, wir suchen Herrn Ludwig Kraus, das muss ein Lehrer im Bereich Agrarwirtschaft und Floristik sein."

„Ja, bitte, das bin ich."

„Oh, das passt ja hervorragend, Kripo Fulda, mein Kollege Langner, Seefeld mein Name.

Wir ermitteln im Mordfall Kaufmann."

„Ja, ich habe davon gehört, eine schreckliche Sache", sagte Kraus und lief wegweisend, den rechten Arm in die Richtung des Verwaltungstraktes der Schule ausgerichtet, voraus. Vor dem Lehrerzimmer machte er Halt und bat die Beamten mit einer einladenden Handbewegung in den Raum.

„Hier sind wir ungestört, die Kolleginnen und die Kollegen sind schon gegangen."

Der Lehrer wirkte alles andere als selbstsicher.

Er hatte, wie sein Name schon unbewusst kundtat, rotbraune, krause Haare und einen Schnäuzer. Seine kleinen, grünen Augen, die von Tränensäcken untermalt wurden, funkelten feurig. Er trug sportliche Kleidung, die aber seine untersetzte Figur nicht verbergen konnte. Lehrer Kraus lud die beiden ein, auf den Stühlen, die um den großen eckigen Konferenztisch gruppiert standen, Platz zu nehmen. Außerdem bot er ihnen höflich Kaffee oder Wasser an. Den Platz und ein Glas Wasser nahmen die beiden bei der Hitze dankend an.

Kraus fixierte beim Eingießen in die Gläser seine beiden ungewollten Gäste. Als er sich hinsetzte, klopfte er nervös mit seinem linken Zeigefinger auf die Tischunterlage.

Beim anschließenden Gespräch machten die beiden Polizeibeamten kein langes Federlesen und kamen rasch zur Sache. Die Beziehung zwischen Kraus und Kaufmann sollte laut dem Lehrer angenehm und gut gewesen sein. Zu seinen Mitschülerinnen und Mitschülern pflegte Konrad einen guten, aber nicht übermäßigen Kontakt. Er war beliebt und anerkannt. Kaufmann bestach durch sein übermäßiges Fachwissen und sein Händchen für die Pflanzen. Von seinem ausgesprochenen Talent im floristischen Bereich schwärmte Kraus.

„Gingen denn Ihre Schwärmereien und Ihr Interesse für Herrn Kaufmann weiter als nur auf die schulischen und beruflichen Belange?" Diese Frage saß treffsicher.

„Ich glaube, ich verstehe Sie nicht so ganz?"

„Doch, das glaube ich schon", erwiderte Seefeld.

Ihr war dieses Kasperletheater, die Schönrederei, zuwider.

„Wir haben ein wenig recherchiert und erfahren, dass Sie schon eine Anzeige wegen sexueller Belästigung eines Schülers und eine Abmahnung diesbezüglich hinter sich gebracht haben. Sie werden verstehen, dass man da auf solche Gedanken kommen kann."

Sina fehlte augenscheinlich die Geduld für kleine Spielchen.

„Uns ist zugetragen worden, dass Herr Kaufmann für Sie wohl etwas mehr als nur ein besonders begabter Schüler war."

Ohne auf die direkte Anspielung einzugehen, antwortete Kraus sichtlich verärgert:

„Es kann doch nicht sein, dass mir die Sache von damals ständig vor die Nase gehalten wird. Ich hatte mit Herrn Kaufmann selbstverständlich ein reines Lehrer-Schüler-Verhältnis, wenn Sie das mit Ihren provokativen Andeutungen meinen. Ich bin verheiratet und habe zwei Kinder und an den Vorwürfen von damals ist nichts, aber auch gar nichts dran. Da hat mir ein Junge übel mitgespielt, weil er mit seinen Noten in seinem Ausbildungsbetrieb nicht weitergekommen ist. Was denken Sie denn eigentlich, mit welchen Wassern die Jugendlichen heute gewaschen sind? Kaum hat man sich versehen, da ist man in einem Verfahren drin, verliert Haus, Hof und Familie und ist mit einem Bein im Knast. Wenn Sie mit solchen Verdächtigungen kommen, kann mich das meinen Job kosten. Ist das Ihnen bewusst?"

„Uns geht es um die Aufklärung eines Mordes, Herr Kraus, es ist unsere Aufgabe, solchen offenen Fragen auf den Grund zu gehen. Es tut uns leid, aber wir müssen Sie mit so direkten Fragen konfrontieren, denn wir haben keine Zeit zu verlieren. Sie hatten also kein Verhältnis mit Herrn Kaufmann oder ein starkes Interesse an dem jungen Mann?"

„Nein, natürlich nicht. Das versichere ich Ihnen. Bitte hören Sie mit solchen Anschuldigungen auf. Ich liebe meine Familie und meinen Beruf und bin alles andere als schwul oder habe sonst irgendwelche abartigen Neigungen, ganz im Gegenteil."

Was das zu heißen hatte, wollte Sina nicht wirklich genauer wissen und es diente auch nicht der Sache.

„Wir beschuldigen Sie nicht. Wir ermitteln, wie gesagt, in alle Richtungen und wir müssen allen Hinweisen nachgehen. Ist Ihnen denn an Herrn Kaufmann in letzter Zeit etwas aufgefallen, hat er sich merkwürdig verhalten oder können Sie uns etwas erzählen, ganz egal was? Etwas, das mit Herrn Kaufmann im Zusammenhang steht und uns weiterhelfen könnte? Wir sind für hilfreiche Informationen aller Art dankbar."

Kraus überlegte kurz und erzählte dann von einem Ausflug vor etwa fünf Wochen zu einigen Gärten in Fulda: Sie besuchten den Dahliengarten in der Nähe des Domes, konnten einen Blick in den Klostergarten der Benediktinerinnenabtei Zur Heiligen Maria in der Nonnengasse mit seinen wunderschönen Blumen, Kräutern und Gemüse werfen und schauten sich den Domdechaneigarten an. Die Exkursion endete bei der Michaelskirche und parallel bei der Franziskanerkirche am Frauenberg, wo spezielle Gruppen von besonders begabten Schülerinnen und Schülern der Fachrichtung Gartenbau und Floristik jeweils ein Beet im Auftrag des Bischöflichen Generalvikariats neu gestalten durften. Es handelte sich um ein Projekt der Schule für Schülerinnen und Schüler: „Wir gestalten unsere Stadt aktiv mit". Das gehörte zum berufsbezogenen Unterricht. Mit seinen außerordentlichen Fähigkeiten durfte Konrad Kaufmann mitwirken, sowohl an der Michaelskirche als auch am Kloster. Es gab zwei Gruppen und mit seinem Übereifer hüpfte er quasi von einer Gruppe zu der anderen und tanzte so auf zwei Hochzeiten. Mit seinen bestechenden Tipps verfeinerte er die Arbeit an beiden Orten. Konrad war begeistert von den Gebäuden und den Anlagen und hatte sich zuvor im Internet und mit Literatur über die Geschichte genauestens informiert.

„Ein wirklich talentierter junger Mann, der sein Ausmaß an Fähigkeiten selbst noch nicht erkannt hatte. Der Ausflug, also diese Exkursion, sozusagen, wurde exzellent von ihm vorbereitet, er hatte die Geschichte dieser Stadt regelrecht studiert."

Sina hörte interessiert zu. Dieser Konrad Kaufmann wurde immer interessanter, auch für sie. Aber leider war er tot.

„Und was könnte das mit unserem Fall zu tun haben?“ Sina wurde neugierig.

„Die Schülerinnen und Schüler haben erzählt, Konrad hätte beim Umgraben und Bepflanzen eines der Beete etwas gefunden, einen kleinen Gegenstand, vielleicht einen Stein oder so etwas in der Art. Ich weiß nicht, was er gefunden haben soll und es interessiert mich ehrlich gesagt auch nicht. Spinnereien der Jugend. Aufmerksamkeit um jeden Preis. Und dabei hatte er das so gar nicht nötig. Er hat zumindest bei mir nicht viel über diesen angeblichen „Schatz“ gesprochen, es war sein großes Geheimnis. Mitschüler haben erzählt, er wolle den Fund vom Kulturamt der Stadt Fulda prüfen lassen. Da gibt es wohl ausgezeichnete Kenner“, erzählte Kraus weiter.

„Und hat er das getan?“

„Keine Ahnung, mich hat das, wie bereits erwähnt, nicht weiter interessiert.“

„Verstehe ich Sie richtig? Sie leiteten doch diese Exkursion. Da findet ein junger Mann eventuell etwas sehr Wertvolles und Sie gehen der Sache nicht nach? Wäre das nicht Ihre Aufgabe gewesen? Aber das Gegenteil ist der Fall. Sie tun das Ganze einfach als Spinnerei ab. Wie ernst nehmen Sie denn eigentlich Ihre Schüler und Ihren Beruf?“

Herr Kraus fühlte sich sichtlich angegriffen. Schweißperlen traten auf seine Stirn, die vermutlich nicht nur von der Hitze kamen.

„Jetzt darf ich Sie aber schon bitten! Soll ich etwa bei jedem Stein, den ein Schüler oder eine Schülerin findet, gleich Alarm schlagen? Wo komme ich denn da hin? Konrad, wie soll ich sagen, hatte sich da vielleicht ein wenig extrem in die Geschichte Fuldas hineinvertieft, wenn Sie verstehen, was ich meine? Der hat keine Grenzen mehr gesehen, der hat sich regelrecht ins 9. Jahrhundert zurückversetzt und war vermutlich der Meinung, aus dieser Zeit etwas für sich ausfindig machen zu können. Er wollte auch einmal gesehen werden, ist ja auch kein Wunder bei seinen Familienverhältnissen. So habe ich es zumindest eingeschätzt und das lag wohl auch in meinem Ermessensspielraum."

„Nein, so ganz verstehe ich Sie nicht, Sie wissen also definitiv nicht, was Konrad gefunden hat und was er damit später bewerkstelligte?"

„Nein, tut mir leid. Ich wüsste auch nicht, was das mit den Geschehnissen der jüngsten Zeit zu tun haben soll."

„Das lassen Sie bitte unsere Sorge sein. Entschuldigen Sie, Herr Kraus, ich muss Sie fragen, wo Sie am Samstagabend gewesen sind."

Kraus dachte kurz nach.

„Lassen Sie mich überlegen. Samstagabend, Samstagabend, wo war ich doch da gleich? Ach genau, ich hatte eine Einladung für die Ausstellungseröffnung in der Orangerie – eine Bilderausstellung der besonderen Art. Da bin ich hingegangen, aber ohne meine Frau. Sie interessiert sich nicht so für Kunst", rechtfertigte er sich im gleichen Atemzug.

„Das ist ja sehr interessant. Haben Sie da zufällig Konrad Kaufmann gesehen oder bewusst getroffen?"

„Nein, hätte ich das etwa tun sollen?", antwortete Kraus provozierend.

Sina wurde die Situation jetzt einfach zu lächerlich und sie entschied sich für ein schnelles Ende dieses, ihrer Meinung nach, nicht auf einer ehrlichen Basis geführten Gesprächs. Schließlich hatte Kollege Faust in der Nacht alle Personen in der Orangerie akribisch befragt und die Personalien aufgenommen. Evtl. standen darin nähere Einzelheiten. Sie musste nur in das Protokoll schauen.

„Gut! Das wäre es fürs Erste. Bitte halten Sie sich zu unserer Verfügung und bleiben Sie die nächste Zeit in der Stadt."

„Kann ich davon ausgehen, dass Sie die Angelegenheit, also die ungerechtfertigten Aussagen gegenüber meiner Person, vertraulich behandeln werden? Sie verstehen, der Herr Schuldirektor und meine Frau und …"

„Wir ermitteln, und solange nichts weiter feststeht, werden wir die

Sache sicherlich so behandeln, wie es angebracht ist. Wir werden aber weitere Recherchen einholen, einholen müssen, da können Sie sich sicher sein und dann sehen wir weiter und uns vermutlich auch wieder, Herr Kraus."

Mit diesen Worten stand Sina abrupt auf und verabschiedete sich kurz und knapp. Sie verließ mit Kraus das Zimmer, in dem sie sich ganz und gar nicht wohlfühlte. Schulen waren sowieso noch nie ihr Ding gewesen und Lehrerzimmer erst recht nicht.

Langner schlurfte hinter den beiden unmotiviert her. Sein Fuß machte ihm immer noch Probleme.

Im Auto fluchte Sina wie ein Rohrspatz.

„So ein schmieriger, schleimiger Typ. Und so etwas wird auf die Schüler losgelassen. Der hält uns doch echt für blöd und dann war der auch noch an dem Abend in der Orangerie. Klarer und offensichtlicher geht's ja gar nicht."

„Hallo, Sina, komm' mal wieder runter. Ich fand den gar nicht sooo schlimm. Irgendwie hatte der doch auch recht. Du kannst doch nicht bei jedem Pups, den eine Schülerin oder ein Schüler macht, reagieren. Wo kämen denn die Lehrer da hin? Er konnte auch nicht ahnen, dass wenige Wochen nach dieser ominösen Exkursion sein Konrad umgebracht wird und dass dies vielleicht – die Betonung liegt auf vielleicht – mit diesem geheimnisvollen Fund zu tun haben könnte, k ö n n t e, Betonung liegt auf könnte, liebe Sina, wir wissen gar nichts."

„Wir wissen aber jetzt, dass der Schleimer in der Orangerie war, genau wie Konrad auch. Zufall? Also mein Freund, ich finde, wir wissen schon eine ganze Menge und ich werde das Puzzle auch noch fertig zusammensetzen, bald, sehr bald sogar."

Sina war wütend, sie fand das Verhalten des Lehrers nicht korrekt. Aber sie konnte Lehrer noch nie leiden, besonders nicht in ihrer Schulzeit. Und von ihren Vorurteilen wollte sie sich auch nicht trennen, auch Langner zuliebe nicht.

Außerdem konnte sie sich sehr gut in diesen überaus interessierten jungen Mann Konrad Kaufmann hineinversetzen, der etwas von der Welt, von der Geschichte, dem Leben und der Wahrheit für sich herausfinden wollte.

Für diesen heißen Sommertag machten die beiden Ermittler Feierabend. Sina fuhr in ihre gemütliche, schöne Singlewohnung, die für sie einen Rückzugsort darstellte und in der sie ausspannen konnte.

Ab und zu kam Jana zu Besuch, um über Gott und die Welt zu quatschen, aber viel Zeit hatte die auch nicht zur Verfügung. Jana hatte nicht nur ihren Beruf, sondern auch Familie, einen Mann und einen fünfjährigen Sohn.

So genoss Sina die letzten Sonnenstrahlen auf ihrem kleinen Balkon mutterseelenallein, natürlich nicht ohne sich weitere Gedanken über ihren Fall zu machen. Harry Potter war auf Achse und hatte noch nichts zu fressen bekommen. Mit einer gewissen Sehnsucht blickte Sina auf die Fulda-Aue und zum blauen Himmel.

Ein eigenwilliger Kater

Die Juli-Sonne stand bereits tief am Horizont, als Sina wieder aufwachte. Harry Potter, der getigerte Kater, war endlich von seinen Streifzügen zurückgekehrt. Mit einem unsanften Sprung auf ihren Schoß hatte er sein Frauchen unliebsam geweckt. Er wusste, was er wollte und wenn er etwas wollte, dann ziemlich zeitnah.

Sina reckte und streckte sich und erhob sich wenig graziös aus ihrem Liegestuhl. Nun stand sie wieder fest auf dem Boden der Tatsachen.

Harry Potter hatte Hunger und Sina auch. „Komm, Harry, Zeit für ein Häppchen zwischen den Zähnen."

Die beiden kochten leidenschaftlich gerne zusammen und Harry ließ es sich nicht nehmen, jeden Handgriff von Sina zu beobachten. Dafür hatte er sogar einen extra Platz neben der Arbeitsplatte in der Küche von Sina eingerichtet bekommen. Schließlich bot sich immer eine kleine Gelegenheit, etwas abzugreifen. Das Kochen half heute, auf andere Gedanken zu kommen. Bald schon war ein leckeres Gericht gezaubert.

Erst nachdem es zum zweiten Mal an der Haustür geklingelt hatte, stellte Sina ihren gerade mit Pasta gefüllten Teller auf die Seite und erhob sich sehr gemächlich. „Auch eine Frau im mittleren Alter ist doch kein D-Zug", schimpfte sie ungehalten. Sina hasste Störenfriede. Beim Verlassen der Küche warf sie ihrem Kater, der aufmerksam, ehrfürchtig von seinem Futternapf zu ihr aufsah, einen kurzen warnenden Blick zu.

„Die Pasta ist für dich tabu, verstanden, Harry Potter? Die Pasta ist für mich ganz allein."

Harry Potter putzte sich kurzerhand desinteressiert und scheinheilig seine weißen Pfoten, so als würde ihn das alles gar nichts angehen.

Er zuckte nicht einmal mit seinen Schnurrhaaren.

Als es dann zum vierten Mal geklingelt hatte, erreichte Sina endlich schlurfend und mindestens so uninteressiert wie Harry Potter die Haustür.

Die gute, aufmerksame Nachbarin, Carla Tischler, stand vor der Tür. Eine etwas ältere, gut situierte Dame mit gekrümmtem Gang und dauergewelltem grauen Haar. Ein schwerer Parfümduft erreichte Sinas Nase und sie musste niesen.

„Gesundheit, Frau Seefeld, ich will es Ihnen gleich ganz direkt sagen“, begann sie mit erhobenem Zeigefinger ihren Vortrag in der Tür stehend.

Sina machte keine Anstalten, sie in die Wohnung hineinzulassen.

„Ihr Kater, also der getigerte, der schwänzelt ständig um unseren Block und wie soll ich es sagen?“

„Ja, Frau Tischler? Sagen Sie es doch einfach frei heraus.“

„Naja, der beglückt alle Katzen im ganzen Umkreis. Meine Minka war auch schon sein Opfer.“

„Oh, sein Opfer, ist das wahr?“, gab Sina neutral zur Antwort.

„Ja, das kann man wohl so sagen, haben Sie vielleicht Verwendung für Katzenkinder? Ich auf jeden Fall nicht.“ Frau Tischler war sichtlich angesäuert.

„Naja, Frau Tischler, erst einmal ist ja gar nicht klar, ob Minka Junge erwartet und wenn sie wirklich welche bekommt, ob Harry dann auch der Vater ist.“

„Ja, wer denn sonst? Frau Kern von nebenan hat sich auch schon beschwert, sie hat Ihren Kater bei ihrer Lilly gesehen. Und im ganzen Umkreis gibt es nur einen Kater und das ist Ihrer.“

„Und dass Frau Kern, ist ja nun einmal gar nicht bewiesen. Es gibt sicherlich noch weitere Kater in dieser Stadt, die sich auch schon einmal in die Fulda-Aue verirren und sogar auch an die Tränke.“

„Aber ich habe Ihren Kater eindeutig erkannt.“

„Danke, Frau Tischler, für Ihren Hinweis. Ich werde mit Harry ein ernstes Gespräch führen, aber einen Vaterschaftstest können wir ja erst später machen, wenn die Katzenkinder tatsächlich geboren sind und Sie das wünschen. Die Kosten hierfür übernehmen dann aber Sie. Ich gebe jetzt besonders auf Harry acht, versprochen."

Mit diesen Worten ließ sie die verdatterte Dame stehen und schloss die Türe vor ihrer Nase.

„Die hat mir heute auch noch gefehlt. Als hätte man keine anderen Probleme. Soll sie doch ihrer Katze den Spaß lassen oder besser auf sie aufpassen. Vielleicht sollten die Waschweiber eine Bürgerinitiative für Katzen ins Leben rufen", protestierte Sina gedanklich vor sich hin.

Harry, der sich mittlerweile auf dem Tisch stehend, schmatzend über die Pasta hergemacht hatte, blickte mit der treuesten Unschuldsmiene, die er zu bieten hatte, in Sinas Augen.

„Na super, dann kann ich mir wohl jetzt was beim Italiener bestellen, du Räuber. Du bist mir schon einer. Hat dir Frauchen kein Benehmen beigebracht?", fragte ihn Sina mittelmäßig gereizt.

„Du lässt jetzt in Zukunft schön die Pfoten von meiner Pasta und von den Katzendamen, verstanden?"

Mit einem kleinen Klaps scheuchte sie Harry vom Tisch. Aber von der Pasta war tatsächlich fast nichts mehr übrig und eine Rückäußerung oder Stellungnahme zum vorliegenden Sachverhalt bekam sie an diesem Abend von Harry ebenfalls nicht. Schließlich hatte auch ein Kater so seine Geheimnisse, eben genau wie sein Frauchen.

Das reinste Kunstwerk

Der nach dem Deckengemälde benannte Apollo-Saal der Orangerie bot als Hauptpräsentationsraum Künstlern die Möglichkeit, ihre Werke in Fulda zum Thema „Heilige haben ihre Zeit“ zu präsentieren. Aber auch in den Gängen waren die Bilder ausgestellt.

Bei einer Nachzeichnung des „Isenheimer Altars“, der im Original von Matthias Grünewald stammt und auf dem unter anderem die Auferstehung Jesu zu sehen ist, traf die Kommissarin mit Langner auf den Ausstellungsleiter Winkler. An seinem Hemd haftete ein Namensschild. Eine locker-flockige Erscheinung, die mehr weiblich als männlich wirkte. Seine Finger waren manikürt und lackiert, die Augenbrauen gefärbt. Vor dem Ölgemälde wirkte dieser Mann selbst wie ein reinstes Kunstwerk. Das Bild zeigte Jesus als Held und Herrscher in der Renaissance. Er war aus seinem Grab erwacht und die Wachsoldaten fielen durch das Licht, das Jesus ausstrahlte, einfach um.

Bevor sie ihn ansprechen konnten, klingelte das Telefon von Langner, der vor Schreck fast sein Handy zu Boden fallen ließ. Beide waren noch immer vertieft in das Kunstwerk.

„Ja, verstehe, muss das gleich sein? Ja, ich komme.“

„Was ist jetzt schon wieder“, brummte Sina, sichtlich durch den Anruf in ihrem Tun gestört.

„Ich muss dich mal wieder verlassen. Die finden niemanden, der die beiden Obduktionen in Gießen begleitet. Die müssen jetzt dringend durchgeführt werden. Das heißt, du musst allein hier weitermachen, meine Liebe.“

„Kann das nicht Klaus erledigen?“

Langner zog seine Schultern nichtwissend nach oben.

„Keine Ahnung, frag nicht so viel, ich muss los.“

Darüber war zwar Sina nicht gerade erfreut, aber sie war zumindest froh, dass sie nicht nach Gießen musste und dass es endlich in dem Fall voranging.

Obduktionen gehörten mit zu ihrem Job und Sina sah vor ihrem geistigen Auge den Verlauf der beiden bevorstehenden.

Sie waren feststehende Beschlüsse des Staatsanwalts, an denen nichts und niemand rütteln konnte. Und auch die Beamten hatten nicht die Zeit und Muße, sich ernsthafte Gedanken um die Gesinnung der Angehörigen zu machen. Wohin sollte das führen? Es ging hier um die Sache, um die Aufklärung des Falles an sich. Meistens drehte Sina auf dem Weg nach Gießen das Radio laut. Sie liebte Rockmusik, aber zog es vor, Radio zu hören, wegen der Nachrichten und des Verkehrsfunks. Schließlich musste sie auf dem Laufenden sein und wissen, wo sich gerade ein Stau befindet.

Und dann folgt immer der gleiche Ablauf: Die Leiche ist bereits vom Bestatter gebracht worden. Der Obduktionsbereich ist vom restlichen Institut getrennt. Der Leichnam wird mit einem Aufzug hinunter in die Räumlichkeiten der Rechtsmedizin gefahren. Bereits beim Öffnen der Türen liegt ein typischer Leichengeruch im Raum, der so stark ist, dass du nichts anderes mehr wahrnimmst.

Obduktionshelfer und Bestatter schauen sich die Leiche in dem Transportsarg in dem Leichensack an, schauen, ob es auch der richtige Leichnam ist. Oftmals treffen zeitgleich die Beamten ein und identifizieren den Leichnam.

Der Leichnam wird entkleidet, wenn noch nicht erfolgt, an der Kleidung werden evtl. Spuren gesichert, Fotos der Obduktion von der Polizei und dem Obduzenten gefertigt, welcher im Vorfeld durch die Beamten im Fall ausführlich eingewiesen wird. Auffindesituation, Umstände, Lichtbilder werden gezeigt, evtl. Medikamente, die gefunden wurden, werden besprochen und Recherchen per Internet laufen im Hintergrund…

Der Leichnam wird im Obduktionsraum gewogen, gemessen

und anschließend mit einer Transportkarre hochgepumpt und auf den Obduktionstisch umgelagert. Die Vorbereitungen sind bereits durch die Helfer getroffen worden. Bestecke und Instrumente liegen alle ordentlich auf dem kleinen Tisch, der über die Leiche gestellt wird. Notwendige Schalen, Becher und Gefäße für die Organe stehen ebenfalls bereit. Auf einer Tafel hinter dem Tisch wird der Name des Toten, seine Obduktionsnummer und verschiedene Daten wie Körpergröße, Gewicht, Gewicht der Organe, z.B. Leber, Niere und Herz in Grammangaben notiert. Anwesend sind ein Obduktionsarzt und ein zweiter Arzt.

Grundsätzlich gibt es schon immer ein vorläufiges Ergebnis nach der Obduktion, zumindest mündlich; später wird das Ergebnis für die Akte gefertigt. Der Obduzent spricht während der Obduktion in ein digitales Aufnahmegerät und kommt zu einem Ergebnis.

Und nun sah Sina Konrads und Karins leblose Körper in ihrer Vorstellung, wie sie durch den beauftragten Bestatter in die Gerichtsmedizin nach Gießen gefahren wurden. Sie kannte die Räume des Instituts gut und doch kannte sie diese auch wieder nicht. Da stellte man am besten seine innere Welt auf Automatik, auf gefühls- und emotionslos.

Das Einzige, was ihr immer wieder sehr zu schaffen machte, war der süßliche Fäulnisgeruch in dem Raum. Sie hatte eine überempfindliche Nase, vielleicht lag das an den vielen Leichen, die sie schon gesehen und abgetastet hatte. Die unvorstellbarsten Details eines Menschen musste sie untersuchen, ob sie wollte oder nicht. Oft wurden Menschen erst nach Tagen, Wochen, Monaten gefunden und der Auffindungsort war genauso unterschiedlich wie der jeweilige Todesgrund. Sie hatte viel gesehen, zu viel, was dem menschlichen Wesen nicht mehr ähnlich sah, das nur noch an eine Art zersetzbare Materie im weiteren Sinne erinnerte. Körper, die zerfetzt, verkohlt, verstümmelt, verwest waren. Und um diesen stechenden Verwesungsgeruch ging es. Ein Geruch, der in der Luft hing, den eigenen Körper umhüllte und alle Sinne einnahm. Die Atmosphäre des großen Obduktionsraumes erinnerte an ein Schlachthaus. Er war gekachelt bis an die Decke und wirkte leer, leblos und steril. Im Winter sorgte ein Heizkörper für eine Art von Wärme und im Sommer war es trotz Klimaanlage unerträglich stickig.

Das angrenzende Büro passte nicht an diesen Ort, aber war so notwendig wie das ganze Institut. Es ging hier schließlich um wichtige Klärungen. Wie viele Wahrheiten kamen dort im wahrsten Sinne des Wortes auf den Tisch?

Sina holte sich zurück in die Realität, als Gerd Winkler sie ansprach:

„Suchen Sie mich?" Langner war bereits, ohne dass Sina es wirklich zur Kenntnis genommen beziehungsweise bemerkt hatte, gegangen.

„Oh ja, ich war in Gedanken, entschuldigen Sie bitte." Sie reichte Winkler die Hand.

Anschließend streckte sie ihm ungefragt das Foto von Konrad Kaufmann entgegen, das vom Fundort der Leiche stammte. Winkler trat einen Schritt zurück, um das Bild aus einer etwas größeren Distanz auf sich wirken zu lassen.

„Sieht etwas merkwürdig aus", bemerkte Winkler, „soll ich jetzt dazu etwas sagen?", fragte er weiter.

„Ja, Kunst ist es nicht, Herr Winkler und Jesus auch nicht, erkennen Sie diesen jungen Mann auf dem Foto?" Sinas Geduld hatte ihre Grenze schon weit überschritten.

„Ich darf Sie aber bitten, wie reden Sie denn mit mir", beschwerte sich postwendend Herr Winkler sensibel.

„Entschuldigen Sie bitte, wenn ich nicht den richtigen Ton getroffen habe, aber dieser junge Mann ist nach Ihrer Vernissage am Samstagabend im Schlossgarten getötet worden und wir suchen Zusammenhänge. Konrad Kaufmann war an diesem Abend hier bei Ihnen in der Orangerie. Mein Kollege Faust hat die Befragungen in der Nacht geleitet."

„Ja, wissen Sie eigentlich, wie viele Menschen an diesem Abend hier waren? Ich kann mich an diesen Mann nicht erinnern, geschweige ihn erkennen, in dem „desolaten" oder soll ich besser „kalten" Zustand, in dem er sich auf dem Bild befindet, sagen. „Desolat" trifft es mitunter nicht – ich muss sagen, dass der junge Herr eine wirklich schöne Leiche ist. Eine wirkliche Schande. Aber trotzdem kenne ich ihn nicht."

„Nein, ich weiß ehrlich gesagt nicht, wie viele Menschen genau an dem Abend hier waren und das interessiert mich auch nicht. Könnte es sein, dass er Bilder hier für Ausstellungszwecke abgegeben hat?"

„Warum haben Sie das denn nicht gleich gesagt? Da habe ich eine Liste und kann schauen, wer für ihn zuständig war, wenn er denn wirklich etwas abgegeben haben sollte. Aber wenn ich noch mal genau überlege, könnte das der junge Mann sein, der so unglaublich talentiert ist, entschuldigen Sie bitte, ‚war', natürlich. Ich bin mir aber nicht sicher. Kommen Sie mal bitte mit."

Winkler lief mit kurzen, knappen, aber schnellen Schritten vorweg, seinen Zeigefinger der rechten Hand in die Höhe haltend.

Er lief mit Sina zu einem Tagungsraum, in dem die Werke der Nachwuchskünstler präsentiert wurden. Dort ging er direkt auf ein Ölbild zu.

„Konrad Kaufmann. Da steht es. Voila! Mein Gedächtnis ist doch noch einzigartig", lobte sich der Kunstaussteller selbst.

Sina schaute erstaunt und verwundert auf das Bild mit Bezeichnung des Werkes und des Künstlers. Es zeigte den Heiligen Bonifatius bei seiner Ermordung durch die Heiden zusammen mit seinen Weggefährten. Ein Heide sticht mit einem Dolch in das Haupt des Bonifatius. Als Titelbild stand in kleiner Schrift unterhalb des Bildes: „Noch ist er nicht zu Boden gesunken, da stürzen schon die Engel des Himmels herunter, die Palme und Krone des Märtyrers Bonifatius zu bringen."

„Exzellent, kann man da sagen. Ein überaus begabter junger Künstler. Ich erinnere mich wieder genau, und wie wunderschöne Augen der …" Winkler kam ins Stocken, „er hat so wunderschön gemalt, meine ich natürlich. Ein Jammer, ein Jammer."

Dass er wunderschön gemalt hatte, sah Sina selbst. Das Bild erinnerte sie an das Altarbild in der Bonifatiusgruft im Dom.

„Was haben Sie mit ihm besprochen?"

„Nicht viel, Madame, wir haben uns über Kunst unterhalten und er wollte wissen, ob ich mich mit Kunstgegenständen auskennen würde. Was für eine Frage. Natürlich kenne ich mich damit bestens aus. Aber ich hatte doch an dem Abend so wenig Zeit aufgrund der vielen Gäste. So habe ich ihn leider abweisen müssen. Aber natürlich nicht, ohne ihm eine Karte von dem Kunsthistoriker unseres Hauses in die Hand zu drücken. Und auch ich hätte den jungen Mann gerne lebend wiedergesehen."

„Ja, das hat dann ja mal nicht geklappt, Herr Winkler. War er denn allein?"

„Das kann ich beim besten Willen nicht mehr sagen, reden Sie doch bitte weiter mit unserem Ausbilder Philipp Flöter, der diesen Raum betreut und gerade auf uns zusteuert. Sie müssen mich jetzt bitte entschuldigen, ich habe wirklich zu tun und muss den Besuchern Rede und Antwort stehen."

Sina hatte, ehrlich gesagt, auch genug von Winkler. Er wirkte nicht verdächtig auf sie, obwohl er anfangs nicht ganz offen und ehrlich gewesen war und versuchte, Informationen zurückzuhalten. Sie vermutete aber mehr die Angst dahinter, in eine unangenehme Geschichte mit hineingezogen zu werden. Schließlich hatte er als Kunstaussteller einen Ruf zu verlieren. Wer wollte schon unangenehm in die Schlagzeilen geraten – ein Todesurteil für jeden Betrieb, auch wenn er auf Kunst aufbaute.

Dieser Philipp, groß, blond, der selbst wie das Kunstwerk „Herkules“ wirkte, war Sina eine große Hilfe. Er konnte Konrad genau beschreiben. Konrad kam allein an diesem Abend, aber etwa eine halbe Stunde später stieß noch eine junge Frau dazu, die mit ihm reden wollte. Diese wäre sehr aufgeregt gewesen und beide hätten später sogar lautstark gestritten. Schließlich bat der Ausbilder die beiden jungen Leute, die Räumlichkeiten zu verlassen, wegen der Ausstellungsbesucher und dem gestörten Flair der Veranstaltung. Dies taten die beiden gemeinsam um etwa 21 Uhr. Sie standen aber noch eine ganze Weile vor dem Eingang zum Hotel. Das hatte Philipp mit eigenen Augen gesehen und auch entsprechend kontrolliert. Unruhestifter konnten einer Ausstellungseröffnung immensen Schaden zufügen und wer konnte sich das heutzutage leisten? Diese Argumentation verstand Sina.

Die Kommissarin zeigte Philipp das Foto von Karin Römer. Aber der Ausbilder schüttelte energisch den Kopf. „Nein, die junge Frau war es nicht.“

„Die junge Frau, die sich mit diesem schönen Mann getroffen hatte, trug kurzes schwarzes Haar.“

Als Sina ihm das Foto von Tanja Kaufmann unter die Nase hielt, nickte dieser ganz energisch.

„Ja, die ist es, genau die Frau war hier und hat den Ärger gemacht.“

„Die Einladungsliste haben Sie vermutlich meinem Kollegen in der Nacht gegeben?“

Daran konnte sich Philipp nicht erinnern, aber schließlich waren auch noch andere Mitarbeiter an dem besagten Abend im Dienst.

Mit einem „Dankeschön für die große Hilfe“ vertschüsste sich Sina von „Herkules“. Bei einer anderen Gelegenheit wäre ein Treffen mit diesem Mann sicherlich interessant geworden. Aber sie war im Dienst und achtete auf die Vorschriften. Kein Verhältnis mit Zeugen und Geschädigten. Ihr nächster Weg lag klar auf der Hand.

Der Wahrheit auf der Spur

Weder bei Tanja Kaufmann zu Hause noch an der Arbeit im Kosmetikinstitut wurde Sina fündig. Die junge Frau hatte sich kurzerhand Urlaub genommen und niemand wusste, was sie an ihren freien Tagen geplant hatte. Tanja Kaufmann blieb unauffindbar und am Handy war nur die Mailbox eingeschaltet. Hatte sie sich kurzerhand abgesetzt? War sie flüchtig? Aber warum? Sina überlegte. Die Hitze machte ihr heute zu schaffen und sie wischte sich die Schweißperlen mit einem Taschentusch von der Stirn. Ihre Gehirnzellen arbeiteten auf Höchsttouren, bei den Temperaturen kochten sie förmlich über.

Die Besitzerin des Kosmetikinstituts gab Sina noch einen Tipp. In einem Ortsteil von Fulda gab es ein kleines Fitnesscenter, das Tanja regelmäßig besuchte. Die Adresse war identisch mit dem Fitnesscenter, in dem die tote Karin Römer gearbeitet hatte. Und war es nicht das Fitnessstudio, in dem es vor zwei Jahren gebrannt hatte? Gab es da eventuell einen Zusammenhang? Sina musste jeder Spur nachgehen.

Einen Versuch war es wert, bevor sie eine Fahndung in Erwägung ziehen würde. Eine eventuelle Flucht konnte nicht ausgeschlossen werden.

Im Studio herrschte gähnende Leere. Es besaß keine Klimaanlage, sodass man in dem doch begrenzten, überfüllten Raum mit Geräten nur sehr stickige Luft einatmen konnte. Eine verspiegelte Wand ließ den Raum größer wirken, als er in Wirklichkeit war. Die Wände des Studios waren in einem kalten Weiß gestrichen – gemütlich und ansprechend konnte es nicht gerade bezeichnet werden. Moderne Musik dröhnte aus zwei Boxen. An den Hantelbänken arbeiteten sich zwei jüngere Herren mit Muskelpaketen an den Armen mühsam mit ihren selbst auferlegten schweren Gewichten ab. Von Zeit zu Zeit vernahm man von ihnen ein schweres Stöhnen vor Anstrengung. Sina stellte sich an die Theke, und gerade als sie eine durchtrainierte Dame, die für die Bewirtung der Gäste zuständig war, nach Tanja Kaufmann fragen wollte, kam diese aus einem Gang, von dem man die sanitären Anlagen erreichen konnte, mit einer Sporttasche in der Hand, um die Ecke. Frisch geduscht und perfekt gestylt.

Im Schlepptau hatte sie einen Bodybuilder, der in einer Gangart lief, die an einen Dinosaurier erinnerte; seine Haare waren abrasiert und seine Glatze glänzte so braun wie die anderen sichtbaren Körperteile. Er war nicht allzu groß, dafür aber breit gebaut. Tanja wirkte größer als dieser Mann.

Für Tanja Kaufmann gab es keinen anderen Weg. Sie musste an der Theke vorbei, auch wenn ihr das sichtlich unangenehm war. Sie hatte die Kommissarin bereits wahrgenommen und steuerte sicher auf sie zu. Sie wirkte gefasst, hatte alles unter Kontrolle. Sina ging direkt auf Tanja zu und bat ohne Umschweife, sie ins Präsidium zu begleiten, da es zu neuen Erkenntnissen gekommen sei und sie ungestört mit ihr reden wolle. Der Bodybuilder, Rolf Lüdtke, stellte sich notgedrungen, auf Nachfrage von Sina, als Fitnesstrainer des Studios und Freund von Tanja vor.

„Sie können auch gleich mitkommen, an Sie habe ich auch noch Fragen."

„Tut mir leid, ich habe einen geschäftlichen Termin. Ich bin stellvertretender Geschäftsführer dieses Studios und so kurzfristig kann ich unsere Geschäftspartner beim besten Willen nicht versetzen."

Und tatsächlich schaute der Geschäftspartner schon um die Ecke. Ein Typ in gut geschnittenem anthrazitfarbenen Anzug und Krawatte wartete bereits in einem kleinen Nebenraum, der eine Art Besucher-Bistro darzustellen versuchte und genauso unfreundlich wirkte wie alles andere in diesem Studio.

Sina gab dem Glatzkopf Lüdtke ihre Karte und bat ihn, sich unverzüglich nach dem Termin im Präsidium zu melden.

Tanja hingegen nahm die Kommissarin auf der Stelle mit. Während der Fahrt sprach diese kein Wort. Die Vernehmung im Präsidium lief schleppend. Tanja stellte sich bockig, fast beleidigt, weil die Polizistin sie ihrer Meinung nach wie eine Verbrecherin aus dem Fitnessklub abgeführt hatte.

„Ich möchte meinen Anwalt sprechen."

„Später, Frau Kaufmann. Ich möchte gerne wissen, warum sie uns nicht gesagt haben, dass sie mit ihrem Bruder auf der Kunstausstellung gewesen sind? Sie haben uns ganz bewusst angelogen."

„Sie haben doch nicht direkt danach gefragt."

„Jetzt stellen sie sich nicht dümmer als sie sind, sie waren kurz vor seinem Tod mit ihm zusammen und da zählen sie automatisch zu den Hauptverdächtigen, wenn sie uns keine andere Erklärung liefern können. Sie haben sich gestritten. Um was ging es in dem Streit? Frau Kaufmann, reden Sie mit uns, seien Sie kooperativ, in Ihrem eigenen Interesse. Was ist an dem Abend passiert?"

„Es ging um eine Privatsache, um seine Tussi, die sich in alles reingehängt hat. Ich wollte ihn zur Rede stellen, sie sollte sich nicht in die Angelegenheiten meines Freundes und mir einmischen. Wir hatten unsere Pläne und sie ihre."

„Meinen sie mit Tussi Karin Römer, und von welchen Plänen sprechen Sie?"

„Ja, sie hat sich für so gut und klug gehalten, das war ja schon immer so und ich war schon immer der Dreck, der Abschaum. Sie war so schlau, wollte ihren Abschluss nachholen und noch Sportmedizin studieren, sie wollte nicht im Studio versauern. Sie und Konrad waren ja bald reich."

„Sie sprechen von dem Fund, den Konrad gemacht hatte, stimmt's? Was wissen Sie davon?"

„Ich weiß davon gar nichts, es war sein Geheimnis und er hat es gehütet wie seinen Augapfel. Wenn Sie was wissen wollen, fragen sie den Pfaffen. Der hat meinen Bruder auf dem Gewissen, der und sonst niemand.

Ich habe mit der Sache nichts zu tun. Wir haben uns nach dem Streit vor dem Hotel getrennt, er wollte mich sowieso nicht verstehen, er war ja schon immer der Heilige und ich die Sünderin, aber deshalb bringe ich meinen Bruder nicht um, ich weiß gar nicht, wie so etwas überhaupt geht. Ich habe meinen Bruder geliebt."

Sina ließ diese Aussage so stehen. Klar war, dass sich Rolf Lüdtke nicht im Präsidium melden würde. Eine übereilte Vernehmung brachte sie im Moment auch nicht weiter. Auch Lüdtke würde seine Aussage verweigern. Indizien, die auf Sand aufbauten. Das, was sie brauchte, waren Beweise. Aber woher nehmen, wenn nicht stehlen?

Sie hatte keine Beweise, lediglich den Hinweis, dass sich die Geschwister kurze Zeit vor dem Todeszeitpunkt getroffen hatten. Das bewies natürlich gar nichts. Sie musste Tanja Kaufmann gehen lassen.

„Was hat es denn mit dem Fitnessstudio auf sich? Hat es da nicht vor ein paar Jahren mal gebrannt?"

„Wer ist denn die Kommissarin, Sie oder ich? Schauen Sie doch in den Akten nach, dann wissen Sie es." Tanja Kaufmann war alles andere als kooperativ und Sina beendete die Vernehmung, die sie ohne den Anwalt von Frau Kaufmann so nicht hätte führen dürfen.

Als sie missgelaunt in ihr Büro zurückkam, fand sie auf ihrem Tisch eine Nachricht. Pfarrer Alexander Polinski hatte den Termin für den morgigen Tag abgesagt, wegen Unpässlichkeit.

„Ich glaub' bei dem piept es wohl, den brauch' ich, und zwar sofort", beschwerte sich Sina lautstark, schnappte sich ihren Autoschlüssel und rief ihrem Kollegen Klaus zu:

„Ich bin in der Rhön, weil da ist es so schön. Also fast privat, könnte man sagen. Aber diese Unpässlichkeit von dem Pfarrer will ich mir persönlich ansehen. Hier läuft doch ein ganz krummes Ding. Aber nicht mit mir.

Und du such' mir mal bitte die Akte von dem Brand des Fitnessstudios raus.

Die will ich mir anschauen. Das muss so vor zwei Jahren gewesen sein. Ich kann mich da noch vage dran erinnern. Verdacht auf Brandstiftung, und eine Bombendrohung gab es da auch schon. Dass ich nicht schon früher drauf gekommen bin. Da laufen doch schon seit Jahren illegale Geschäfte."

„Ja, kann ich machen, wenn du der Meinung bist, dass das was bringt? Ich muss eh noch ins Archiv", antwortete Klaus Faust etwas unmotiviert.

Vielleicht hatte Faust recht. Was hatte die Vergangenheit mit der Gegenwart zu tun? Sie suchte sprichwörtlich die Nadel im Heuhaufen. Aber Sina wollte den erteilten Arbeitsauftrag nicht wieder zurücknehmen. Ein Blick in die Ermittlungsakte von damals konnte nicht schaden.

„Ach so, und lege mir bitte das Protokoll und die Einladungsliste der Künstlerausstellung Orangerie von der Mordnacht Konrad Kaufmann auf den Tisch."

„Ja, kann ich machen, da kam aber in der Nacht nicht viel rum. Niemand hatte was gesehen oder gehört", antworte Klaus.

„Dann überprüfe du noch einmal alle Personen auf der Einladungsliste, auch wenn du das gestern schon gemacht hast. Das mit Tanja Kaufmann hätte uns nicht durch die Lappen gehen dürfen. Sie war an dem Abend an Ort und Stelle. Aber vermutlich hatte sie keine offizielle Einladung."

Klaus Faust nickte stumm.

Sina fuhr mit dem alten Opel-Vectra den bereits bekannten Weg nach Hilders zum Gästehaus „Landhaus Marga". Die nette, kräftige, mit Kittelschürze bekleidete Inhaberin, Marga Klein, begrüßte sie herzlich.

Natürlich war es für sie eine Ehre, einen Pfarrer als Gast zu haben.

Sina blieb im Flur vor dem Holztreppenaufgang des Gästehauses stehen. Die Gastwirtin stand im Türrahmen zwischen Küche und

Flur. Sie fand es sichtlich spannend, eine Kommissarin als zusätzlichen Gast begrüßen zu können.

„Kommen Sie doch rein und trinken Sie einen Kaffee oder etwas Kühles bei dem Wetter", bot sie freundlich der Polizistin an.

Diese lehnte dankend ab. Sie wollte in der Sache weiterkommen und hoffte, eine tragfähige Auskunft von Frau Klein zu erhalten.

„Ein anderes Mal sehr gerne. Haben Sie eine Vermutung, wo der Herr Pfarrer sein könnte?"

„Eigentlich fährt er oft zu Frau Kaufmann, aber die liegt ja noch im Krankenhaus in Gersfeld und braucht ihre Ruhe. Eine wirklich schlimme Sache. Betroffen schüttelte die Dame den Kopf. Da wird er wohl nicht hingefahren sein. Aber sein Auto steht nicht auf dem Hof. Sie blickte durch das Küchenfenster auf den Hinterhof; ihre Hände vergrub sie dabei fest in ihrer Kittelschürze. „Sicherlich geht er wieder den Franziskusweg oder ist in der dazugehörigen Kapelle." Frau Klein war bestens über die möglichen Gepflogenheiten des Herrn Pfarrer informiert und sie war ganz offensichtlich immer auf dem neusten Stand. Auf die Aussage konnte sich Sina instinktiv ohne jeglichen Zweifel verlassen.

„Den Franziskusweg oder die Kapelle?", wiederholte Sina mit einem großen Fragezeichen im Gesicht.

„Wo bitte schön sind der Weg und die Kapelle?" Die nette, kräftige Dame erklärte der Kommissarin den Weg mit Händen und Füßen. Sina bedankte sich und setzte sich sogleich wieder mit ihrem Dienstfahrzeug in Bewegung – Richtung Hausen. Die Ortschaft lag 13 Kilometer entfernt und war in etwa 20 Minuten zu erreichen. Hausen ist eine Gemeinde mit ca. 800 Einwohnern im Bundesland Bayern, Regierungsbezirk: Unterfranken, Landkreis: Rhön-Grabfeld und gehört zu der Verwaltungsgemeinschaft Fladungen und liegt in der Region Main-Rhön Bayerische Planungsregion 3. Es gibt die Gemarkungen Hausen und Roth vor der Rhön. Zu sehen gibt es eine katholische Kirche St. Georg mit einem Saalbau mit eingezogenem Turm von 1741, einen Streuobst-Lehrpfad, südwestlich des Ortsteils

Roth erhebt sich die 711 m hohe Rother Kuppe und im Ortsteil Roth die Brauerei „Rotherbräu". Das Internet und Google konnten einen immer wieder aufs Neue beeindrucken. Sina hatte als Polizeibeamtin aus Osthessen allerdings in Bayern eigentlich so gar nichts verloren, aber eben nur eigentlich. Ausnahmen bestätigten bekanntlich die Regeln und Gefahr im Verzug war ja ein Begriff, der entsprechend ausgelegt werden konnte.

Sie parkte, so wie es ihr die nette Gastwirtin Klein empfohlen hatte, auf dem Parkplatz unterhalb der Thüringer Hütte. Von da aus sah sie tatsächlich auch schon die Hinweisbeschilderungen des besagten Weges.

Dieser begann direkt am Parkplatz bei der Straßenkreuzung unterhalb des Jugendhauses und Schullandheimes Thüringer Hütte. Ein Wanderer mittleren Alters bemerkte Sinas suchende Blicke und bot ihr seine ortskundige Hilfe an. Er sprach Empfehlungen aus, den Weg mit den einzelnen Stationen zu beginnen und erst mit der Kapelle abzuschließen; am sinnvollsten im Uhrzeigersinn Richtung Rhönparkhotel in Hausen/Roth.

Der Rundweg hatte eine Gesamtlänge von ca. 5 Kilometern und umfasste 17 Stationen: 10 Kunst- und 7 Lesestationen. Er verlief auf vorhandenen Forst- und Wanderwegen, mal breit, mal schmal, im Auf und Ab und war gut begehbar. Rote Wegweiser mit dem T, dem franziskanischen Tau, begleiteten auf dem Weg. Gutes Schuhwerk, vor allem bei Regen und Schnee wurde empfohlen. Sina schaute auf ihre Füße. Sie trug Sandalen, eine Wanderung hatte sie definitiv nicht eingeplant. Sina hörte dem grau melierten, netten Herrn, der einen Wanderstock bei sich hatte, aufmerksam zu, so viel Zeit musste sein:

„Die Gehzeit beträgt etwa eine Stunde – ohne Pausen. Für eine entspannende Wanderung sollte man sich aber zwei bis drei Stunden Zeit nehmen. Es gibt 10 Stationen, bei denen jeweils eine Ruhebank steht. Die am Weg aufgestellten Texte zeigen Auszüge des Sonnengesangs. Lassen Sie sich überraschen!"

„Ja, das werde ich! Vielen Dank, Sie haben mir sehr geholfen", bedankte sich Sina freundlich. So wie es die Sachlage hergab, musste sie doch noch die Meinung über die Rhöner ändern. Hier gab es tatsächlich überaus freundliche Menschen.

Aber Sina hatte heue definitiv nicht die Zeit für stundenlange Wanderungen.

Sie musste leider die überaus netten und weisen Empfehlungen des Herrn übergehen und hoffte, relativ zügig Pfarrer Polinski in der dem Parkplatz direkt gegenüberliegenden Kapelle anzutreffen. Auf dem Wanderweg hatte sie wenig Aussicht auf Erfolg, ihm zu begegnen, abgesehen vom fehlenden Schuhwerk und der sengenden Hitze. Sina lief geradewegs auf eine Art Unterstellmöglichkeit, abgegrenzt durch einen Holzzaun, zu. Es gab keine Fassaden, kein Ziegeldach, keine Tür, vielmehr stellte das Bauwerk vor ihr ein dreidimensionales Naturbild inmitten der Landschaft der Hochrhön dar. Ein Bauwerk, das durch Material und Konstruktion aus der Natur wuchs und somit Teil der Natur wurde – Basalt, Muschelkalk und Buntsandstein. An eine Kapelle dachte Sina keinesfalls, ließ sich aber gerne eines Besseren belehren und überflog die einladenden Begrüßungsworte vor dem Gebäude:

Kapelle
kein Spielplatz – kein Partyraum
Raum der Andacht
Raum der Ruhe
Raum des Gespräches
untereinander und mit Gott
Raum des Respektes
vor dem Glauben der Menschen

tritt ein
in die Stille

in die Ruhe
in den heiligen Raum

die Tür ist offen
Kapelle – heiliger Raum
erfüllt vom Atem Gottes

tritt ein
der Eintritt ist frei
er kostet nur ein offenes Herz

Sina war von der Kapelle fasziniert. Wie beschrieben vermittelte diese Licht, Schatten, Transparenz, Offenheit und Geborgenheit. Der Andachtsraum mit der notwendigen räumlichen Ruhe für das Gespräch mit Gott, Sitzgelegenheit für etwa 60 Personen sowie eine geeignete Sitzgelegenheit für die Rast des Wanderers wirkten auf sie einladend.

Und da im Andachtsraum sah die Kommissarin tatsächlich kniend vor einer Art Altar, oder besser gesagt vor einer Skulptur, die „der Träumer" genannt wird und einen nackten Mann darstellt, Pfarrer Alexander Polinski.

Sie näherte sich ruhig und langsam, um den Pfarrer nicht zu erschrecken. Er weinte. Die Polizistin legte vorsichtig eine Hand auf seine rechte Schulter. Er zuckte, drehte sich kurz zu Sina um, nahm die Person, die hinter ihm stand, ohne Mimik oder Gestik zur Kenntnis, weinte beim Wegblicken weiter und sagte abgehackt:

„Ich bete vor dieser Skulptur. Sie zeigt einen Menschen, der Demut hatte, so wie Franziskus. Er ist ein Hörender, denn die leisen Botschaften Gottes bedürfen der Ruhe und der Stille. Und dieser Mann ist nackt, so wie es Franziskus war, als er vor dem Dom von Assisi seine Kleider ablegte, weil er sich von allem Überflüssigen verabschiedete. Er war mit der Heiligen Elisabeth geistig verwandt, beide richteten ihr Leben an dem armen und gekreuzigten Christus aus. Auch ich will versuchen, es ihnen gleichzutun."

Die Skulptur, von der Polinski sprach, hatte der Künstler aus einem Eichenwürfel von einem Meter Kantenlänge herausgeschnitten.

Sina half dem Pfarrer, wieder auf die Beine zu kommen und setzte sich mit ihm in die vorderste Bankreihe aus gehobelten Eichenholzdielen. Dabei fiel ihr das rote Kreuz, das der Geistliche um seinen Hals trug, ins Auge. Genau das Gleiche hatte auch Konrad getragen. Sie erinnerte sich an den leblosen Körper Konrads im Schlossgarten.

„Was ist mit Ihnen? Wollen Sie mir etwas sagen? Ist es wegen den Todesfällen? Sie haben Konrad und Karin sehr gemocht, ist das so?"

„Ja", der Pfarrer hielt sich nun beide Hände vors Gesicht und schluchzte erbärmlich.

„Wo haben Sie die Kette mit dem Kreuz her?"

Sina bemühte sich, mit leiser und ruhiger Stimme zu sprechen.

Der Pfarrer fasste sich spontan an den Hals, nahm das Kreuz, das an einer silbernen Kette hing, umschloss es mit beiden Händen, so, als wolle er sich daran festhalten.

„Ich sammle Antiquitäten und Nachbildungen. Das ist mein Hobby. Dieses Kreuz ist eine Nachbildung des Nachlasses des Heiligen Bonifatius, den ich sehr verehre. Ich sammle alles, was mit den Heiligen zu tun hat. Sie müssten mal in mein Pfarrhaus kommen, das ist das reinste Museum, Altertümer, die das Herz begehrt, sogar Waffen und Rüstungen sind dabei." Der Pfarrer hatte seine Fassung wieder erlangt. Sein Gesichtsausdruck wirkte plötzlich hell und fröhlich. Er liebte seine Freizeitbeschäftigung über alles.

Sina hatte geschickt agiert, nun musste sie in die Offensive.

„Konrad hat auch so ein Kreuz wie Sie getragen. Ich muss Sie das fragen: Hatten Sie ein Verhältnis mit ihm oder seiner Freundin? Welche Art von Beziehung führten Sie?"

„Was meinen Sie mit ‚ein Verhältnis'?"

Der Pfarrer schaute empört und entrüstet zugleich der Kommissarin in ihr hübsches Gesicht, direkt in ihre schönen blauen Augen.

„Sind Sie auch so eine, die meint, dass alle Pfarrer auf dieser Welt Kinder oder junge Menschen missbrauchen, ja vielleicht sogar misshandeln oder vergewaltigen? Denken Sie so von mir? Wissen Sie eigentlich, wie es ist, mit diesem Ruf weiter als Pfarrer zu leben? Überall gilt man als der Kinderschänder und jetzt kommen Sie mit solchen Andeutungen? Was soll ich bitteschön für ein Verhältnis zu diesen beiden sich liebenden Menschen gehabt haben?"

„Es tut mir leid, ich versuche lediglich einen Mord und eventuell ein weiteres Verbrechen aufzuklären und da muss ich nun einmal unschöne Fragen stellen."

Auf ihre unschöne Frage bekam die Kommissarin eine Antwort, mit der sie zu keinem Zeitpunkt gerechnet hatte.

Der Pfarrer atmete tief ein und dann langsam aus. Er schaute kurz zum Himmel, dann auf das gläserne Tau, das Franziskuskreuz in der Kapelle, und fing an ruhig, gefasst und sachlich zu sprechen:

„Ich bin seit über zwanzig Jahren Pfarrer und das mit Leib und Seele, ein Spätberufener sozusagen, aber ich war nicht immer Pfarrer, sondern hatte auch ein Leben vor dieser Zeit, bevor ich mich entschied, diesen Weg zu gehen. Konrad, ja Konrad... er ist mein leiblicher Sohn, Frau Seefeld."

Diese Nachricht saß treffsicher. Sina brauchte einen kurzen Moment, um sie zu verdauen, aber berufsbedingt hatte sie das Gehörte schnell verinnerlicht und im ganzen Ausmaß verstanden.

Jetzt wurde Sina Seefeld so einiges klar. Sie erkannte die Verbindung, die es zwischen dem Opfer und dem Pfarrer gab – Vater und Sohn – ja, die beiden sahen sich sehr ähnlich, deshalb kam ihr der Pfarrer bei der ersten Begegnung auch so bekannt vor. Hinzu fügte sich die erklärbare Hilfsbereitschaft und Verantwortung Eleonore Kaufmanns gegenüber, die psychisch erkrankt war, keinerlei Einkünfte hatte und von Hartz IV lebte. Alles machte jetzt einen Sinn und reihte sich wie ein Mosaik zusammen.

„Hat Konrad von der Vaterschaft gewusst?“

„Ich hatte es ihm vor drei Wochen gesagt. Ich wollte die Wahrheit, ich wollte nicht mehr diese Lebenslüge mit mir herumtragen. Aber jetzt mache ich mir schreckliche Vorwürfe deshalb. Vermutlich kam der Junge mit der Nachricht nicht zurecht. Er hatte nun plötzlich zwei Halbgeschwister. Der älteste Sohn von Eleonore ist nach Amerika ausgewandert. Klaus ist schwul und für die Familie und das Umfeld kam diese Nachricht damals sehr überraschend. Das war ein regelrechter Schock. Wie auch, das ist ja auch nicht Standard und eine unschöne Sache, vor allem in einer katholischen Gegend. Und die Halbschwester Tanja ist schon immer schwierig gewesen. Hinzu kommt die Tatsache, dass Konrad noch bis zu jenem Zeitpunkt der Meinung gewesen ist, den gleichen Vater wie die beiden anderen Kinder zu haben. Ein Vater, der sich mit dem Alkohol getötet hatte, ein nutzloser Säufer. Und nun das! Plötzlich taucht ein anderer Vater auf und dann dazu auch noch ein Pfarrer. Das ist für so einen jungen Menschen schwer zu verstehen und zu akzeptieren. Aber ich dachte, die Zeit der Wahrheit sei gekommen. Ich hatte eine kurze leidenschaftliche Affäre mit Eleonore vor vielen Jahren, bevor sie dann gänzlich auf die schiefe Bahn geriet. Aber was hätte ich denn machen sollen? Sie war verheiratet und ich hatte mich schließlich für die Priesterausbildung entschieden.“

„Und so wuchs Konrad als Kuckuckskind bei seiner Mutter und dem angeblichen Vater auf“, fügte Sina den Worten des Pfarrers hinzu.

Dieser senkte seinen Kopf. „Wir sind alle Sünder, keiner ist frei von Schuld. Wer frei von Schuld ist, werfe den ersten Stein.“

Kommissarin Sina Seefeld warf diesen Stein sicherlich nicht. Auf solche Verse konnte sie momentan allerdings dankend verzichten.

Sie bemühte sich um Sachlichkeit und fragte den Pfarrer, ob er von dem geheimnisvollen Fund seines Sohnes und den eventuellen Verstrickungen gewusst habe.

„Mein Sohn kam mit seinem Gewissen nicht mehr klar. Er wollte deshalb aus der Kirche austreten. Aber der Kirchenaustritt ist keine leichte Sache, müssen Sie wissen. Es handelt sich um eine schwere Sünde gegen Gott und die Kirche und zieht die Exkommunikation nach sich, d. h. er hätte sich und seiner Seele schwer geschadet. Ich konnte es ihm mit viel Mühe und Not ausreden. Er hat mir dann alles gebeichtet. Aber ich kann und darf Ihnen nicht sagen, was er mir und damit Gott anvertraut hat. In keinem Fall."

„Das ist jetzt nicht Ihr Ernst?"

„Doch, absolut. Die Kirche ist nicht irgendeine Institution, sondern der mystische Leib Christi und hat die Vollmacht im Namen Gottes das Evangelium zu verkünden und die Sünden nachzulassen", antwortete der Pfarrer.

„In einer Zeit, in der man Gott und seine Gebote in dieser Welt nicht mehr ernst nimmt und die Kirche als reine Institution sieht, sind wir Menschen in Gefahr, unser Seelenheil aufs Spiel zu setzen und der Teufel hat bereits reiche Ernte in und außerhalb der Kirche eingefahren. Das Beichtgeheimnis ist laut dem Kirchenrecht unverletzlich und das schon seit dem Mittelalter."

Nun reichte es Sina.

„Jetzt hören Sie aber mal auf und kommen Sie mir jetzt nicht mit dem Kirchenrecht! Das ist doch nicht zu glauben. Es geht hier um Ihren Sohn."

Aber sie erkannte die aussichtslose Bemühung, den Pfarrer doch noch zum Sprechen zu bewegen. Das so hoffnungsvoll begonnene Gespräch hatte eine zugespitzte Wende genommen.

Sie stand kopfschüttelnd auf und verließ abrupt und wortlos die Kapelle, so wie sie gekommen war. Der Pfarrer blieb allein zurück.

Sina konnte das ganze Ausmaß kaum fassen und verstehen brauchte sie es sowieso nicht.

Auf der Heimfahrt versuchte sie eine Struktur in ihre wirren Gedanken, in dieses große Kuddelmuddel des komplexen Falles, zu bekommen und die Informationen zu sortieren. Da gab es also diesen neuen Vater für Konrad, der vermutlich auch wusste, wer der Täter sein könnte oder wer es sogar wirklich war, aber nichts sagte, weil er das Beichtgeheimnis wahren musste, also eigentlich, wie in seinem ganzen Leben, in einem Zwiespalt stand. Ein Leben als Vater oder Pfarrer? Mit oder ohne Lebenslüge?

Aber stand nicht auch Sina immer wieder in diesem Zwiespalt, zwischen Gut und Böse? Stand nicht jeder Mensch in einem gewissen Zwiespalt mit sich und seiner Umwelt? Sina schweifte gedanklich gab – es waren zu viele Gedanken auf einmal.

Ihr kam der älteste Bruder von Konrad in den Sinn, der für den Fall keine Rolle spielte, derjenige, den sie nie kennengelernt hatte, der ja „nicht dem Standard" entsprach und der nach Aussage des Pfarrers in Amerika leben sollte.

Sie hatte selbst einen größeren Bruder, Sascha, und sie erinnerte sich, was zurzeit nicht wirklich an der Reihe zu sein schien. Aber sie tat es. Sie erinnerte sich einfach und ließ es zu. Auf der einen Seite war es für ihren Vater ein besonderes Geschenk, ja eine Gnade, ci nen Sohn gezeugt zu haben, weil das für einen Mann ja einfach zum Leben dazugehört, getreu dem Motto: Haus bauen, Baum pflanzen, Sohn zeugen. Aber bei ihrem Bruder hatte er definitiv etwas falsch gemacht – nach Meinung des Vaters, denn Sascha war stockschwul. Und als er das der Familie einmal ganz nüchtern beim Abendessen verkündete, fiel dem Vater vor Schreck die Gabel aus der Hand. Was danach geschah, wusste Sina nicht mehr genau. Sie verzog sich in ihr Zimmer und hörte die lauten Stimmen der Eltern und die Stimme von Sascha. Nur wenige Tage später packte er seine Sachen und verschwand. Die Mutter hatte seine Adresse und auch Sina gab er seine neue Telefonnummer und Anschrift:

„Prinzessin, ich ziehe zu meinem Freund, aber ich bin immer und überall für dich da."

Sina erinnerte sich weiter. Sie drückte Sascha so fest sie konnte. Sie liebte ihren Bruder so sehr. Er war so einfühlsam und sanft. Mit Sascha konnte man Pferde stehlen und einfach über alles mit ihm reden. Er war ein wirklicher Frauenversteher. Sina hatte ihn ohne das Wissen der Eltern etliche Male in Darmstadt besucht. Er und sein Freund heirateten vor einem Jahr und Sina bewunderte es, wie liebevoll und herzlich die beiden miteinander umgingen. Da konnte sich so manches heterogene Paar eine Scheibe abschneiden. Aber die Gesellschaft war auch im 21. Jahrhundert noch nicht so weit, über den Tellerrand zu blicken, überalterte Regeln und Gesetze setzten den Menschen immer noch Scheuklappen auf.

Die Weiterentwicklung machte in allen Städten Deutschlands halt, so kam es Sina zumindest vor. Manchmal fragte sie sich, ob diese Tatsache an der früheren Grenze Deutschlands lag. Sie suchte nach fadenscheinigen Gründen, aber was hatten der Osten und der Westen eigentlich mit der Weiterentwicklung eines jeden Menschen zu tun? Auch in diesem Bereich wurden heute ihrer Meinung nach noch unterschwellige Unterschiede zwischen Ossis und Wessis gemacht.

Sie fand es nicht fair, wie über die Schwulen, Lesben und Transsexuellen teilweise noch immer Urteile gefällt wurden. Wem stand so etwas eigentlich zu? Sie war sich sicher, dass Gott nicht so kleinkariert war. Sicherlich hätte er auch heute andere Gebote genannt. Denn wo war denn bitteschön das Gebot: Du sollst deinen Partner würdevoll behandeln oder du sollst keine Kinder misshandeln oder missbrauchen? Das war ihr alles zu lückenhaft und nicht mehr zeitgemäß. Aber sie war nicht der Maßstab, sie war definitiv eine unbequeme Revoluzzerin der Neuzeit.

Sina nahm sich gedanklich fest vor, sich mal wieder bei ihrem Bruder zu melden. Das letzte Mal hatten sie an ihrem Geburtstag Kontakt, aber der lag nun auch schon ein paar Wochen zurück.

Sie holte sich zurück in die Gegenwart, zum Fall. In der Familie Kaufmann hatte sich so viel Schicksalhaftes zugetragen. Welcher

Mensch, welche Familie konnte so viel Schmerz aushalten? Wer sollte solche einschneidenden Ereignisse verkraften oder verarbeiten? Der Glaube war vermutlich die einzige Möglichkeit, überhaupt weiterleben zu können.

Sie wusste auch, dass Pfarrer Polinski seine Bestimmungen, Regeln und Gesetze hatte und diese auch für sein Seelenheil gut und richtig befolgen wollte. In diesem Moment hatte sie ehrliches, echtes Mitgefühl für diesen Mann. Geistliche bekamen Auflagen und Gelübde, die für sie einen sehr großen Verzicht erforderten, zu Ehren Gottes. Der Pfarrer blieb seinem Glauben und seinem Gott treu, auch mit dem Wissen, den Mörder seines Sohnes damit zu decken und zu schützen. Mit seinem Gewissen musste Pfarrer Polinksi selbst klarkommen. Aber er hatte ja Gott. Wen hatte sie eigentlich? An wen konnte sie sich vertrauensvoll wenden?

Sina stockte. So kam sie nicht weiter in diesem Fall, der für sie ein ständiger Trigger darstellte.

Das Handy klingelte und Sina freute sich regelrecht, aus diesem Gedankenchaos und Wirrwarr herausgezogen zu werden. Langner war am anderen Ende. Er hatte einige neue Infos von der Obduktion mitgebracht. Die Leichen konnten jetzt für die Beerdigungen freigegeben werden.

Sina nahm das raunend zur Kenntnis

„Ich bin noch unterwegs, in 20 Minuten bin ich wieder im Büro."

Tatsachen und Vermutungen

Sina und Langner machten ein Brainstorming. In ihrem gemeinsamen Dienstzimmer hingen an der weißen Pinnwand mittlerweile unzählige Fotos der Tatverdächtigen und der Opfer. Notizen, Kreise, Verbindungsstriche strukturierten das Ganze; dicke rote Pfeile führten von einer Person zur anderen. In der Mitte war ein großes schwarzes Fragezeichen angebracht. Mike und Sina saßen sich an ihren beigen Schreibtischen gegenüber.

Sina nahm sich die Zeit, den vorläufigen Ergebnissen, die Mike von der Obduktion aus Gießen und der Spurensicherung mitgebracht hatte, im Detail zu lauschen und zusammenzufassen.

Laut vorläufigem Bericht ergab die Blutprobe der beiden Leichen einen zu vernachlässigenden Alkoholwert. Unter Einwirkung von Drogen oder Medikamenten standen beide nicht.

Der Fundort Konrads war nicht der Tatort, wie vermutet. Durch den Regen konnten keine eindeutigen, verwertbaren Blutspuren eruiert werden, auch die Fingerabdrücke auf der Tasche waren durch den Regen nicht mehr feststellbar. Das wusste Sina von Jana.

Es gab Anhaltspunkte, aber nichts Stichfestes. Konrad wurde absichtlich zwischen die Rhododendrenbüsche gelegt. Und da Konrad eine zierliche Gestalt hatte, stellte es für einen Mann keine Schwierigkeit dar, ihn eventuell einige Meter in die Büsche zu schleppen. Für eine Frau schon eher, es kam natürlich auf die Frau und ihre Kraft an.

Langner berichtete weiter über die detaillierten Todesursachen von Konrad und Karin:

Konrad starb an dem Einstich in den Hals, unterhalb des rechten Ohres. Die Hauptschlagader war unglücklicherweise mit getroffen, sodass Konrad durch diese Verletzung innerlich verblutete. Der Täter hatte vermutlich ein besonders großes Messer oder eine Art

Dolch für seine Tat benutzt. Konrad hatte außerdem ein Hämatom in der Bauchgegend, das aber nicht als Todesursache infrage kam. Vermutlich handelte es sich um einen starken Schlag mit der Faust. Die Waffe war bisher noch nicht entdeckt worden. Das wusste Sina von der SpuSi. Und auch die Auswertung der gefundenen Papiere hatte nichts ergeben, außer dass sie aus einem kirchlichen Buch stammen mussten.

Karin Römer starb an den Folgen ihres Unfalls. Sie hatte mehrere innere Verletzungen durch den Aufprall davongetragen. Die KTU hatte Reifenspuren und Bremsspuren eines zweiten Fahrzeugs sichergestellt, sodass von einer Verfolgungs- und Hetzjagd ausgegangen werden konnte. Karin Römer war in den Tod getrieben worden. Die Beamten gingen davon aus, dass sie ihren Täter nach dem Einwerfen des Briefes bei der Polizei antraf, was aber nur eine Vermutung darstellte.

Das Handy von Karin Römer konnte nicht geortet werden, weder am Unfallort noch in der WG. Und ihre Nummer war nicht mehr erreichbar. Der Täter hatte ganze Arbeit geleistet.

„Naja, das sind ja recht gute Hinweise", bemerkte die Kommissarin mit einem klitzekleinen Hauch von Zufriedenheit.

„Ein Teil dieser Tatsachen wird in wenigen Stunden in schriftlicher Form auf dem Tisch liegen. Das hat mir das Institut versprochen."

„Was meinst du, Langner? Hast du eine Ahnung oder Vermutung, wer der Täter sein könnte?" Dieser erhob sich und lief wie ein Puma im Käfig im Zimmer auf und ab, schaute auf die volle Pinnwand und kratzte sich an seinem markanten Kinn.

„Meiner Meinung nach tappen wir noch immer im Dunklen. Es könnte von den uns bekannten Personen – angefangen von Tanja Kaufmann über den Pfarrer Polinski, Gärtnereichef Kohl, dessen Mitarbeiterinnen und Mitarbeiter, oder Berufsschullehrer Kraus bis hin zu dem Ausstellungsleiter Winkler und dessen Angestellter theoretisch jeder gewesen sein. Aber bis auf Frau Kaufmann haben alle den Angaben nach ein Alibi. Alle könnten ein Motiv haben und eben auch wieder nicht. Das ist schon etwas crazy. Und Tanja Kaufmann, die neue Halbschwester, das ist fast zu offensichtlich…"

„Da hast du wohl leider Recht. Das liegt zu sehr auf der Hand. Aber wer weiß? Das Motiv könnte wie so oft sein: Wut, Hass, Eifersucht, Neid – auf den privilegierten Halbbruder. Aber dann müsste es noch einen Mittäter geben. Alleine konnte sie diesen Mord laut Bericht kaum bewerkstelligen. Und warum dann noch der Tod von Karin Römer? Das macht alles keinen Sinn. So skrupellos ist die Kaufmann nicht. Vielleicht war es doch der Gärtner, der von dem wertvollen Fund Wind bekommen hat oder der Berufsschullehrer. Motiv: Gier, Reichtum, Macht. Das wäre für mich schlüssiger. Dem Kohl und dem Kraus sollten wir doch nochmal auf den Zahn fühlen. Oder doch ein Mord aus Leidenschaft? Genug Interessentinnen und Interessenten an dem schönen Konrad hat es dem Anschein nach ja gegeben. Vielleicht hat der Praktikant aus der Orangerie, Philipp Flöter, oder die Gärtnereimitarbeiterin Larinski mit dem Mord an Konrad etwas zu tun? Eben gerade die, die wir zu wenig beachten."

Sina befestigte zwei neue Zettel mit deren Namen auf der Pinnwand.

„Auf jeden Fall verhalten sich alle mutmaßlichen Täter meiner Meinung nach auffallend verdächtig."

Sina legte ihre Stirn in Falten. Sie ging zum Fenster und kippte es. Warme Luft strömte ihr entgegen. Kurzerhand schloss sie es wieder und hielt sich am Fenstergriff fest.

„Ich möchte nicht, dass es noch mehr Tote gibt. Wir wissen zu wenig über die Hintergründe und das Tatmotiv ist uns auch noch nicht letztendlich klar. Alles, was wir haben, sind Vermutungen. Vielleicht haben wir es mit einem Verrückten zu tun, der aus Lust und Laune die Menschen in seinem Umfeld tötet. Das könnte doch sein. Wer ist dann als nächster dran?

Aus diesem Grund sollten wir umgehend weitere Schritte einleiten und handeln. Mit und ohne Staatsanwalt."

„Was schlägst du als weitere Vorgehensweise vor?", fragte Langner seine Chefin.

„Wir machen uns auf die Suche nach dem geheimnisvollen Fund; vielleicht finden wir dabei auch die Tatwaffe. Wir suchen bei allen Verdächtigen, also in der WG bei Tanja Kaufmann und ihrem Freund; den Lehrer Kraus stellen wir auf den Kopf und die Schülerinnen und Schüler seiner Klasse werden befragt, die Gärtnerei Kohl inklusive Inhaber wird durchforstet; wir durchsuchen das Pfarrhaus von Pfarrer Polinski und auch sein Zimmer im Gasthaus in Hilders und zusätzlich suchen wir noch im Schlossgarten, wenn es sein muss auch im Teich. Wenn wir nicht fündig geworden sind, stellen wir auch die Orangerie und diesen Winkler auf den Kopf, danach erst nehmen wir uns das Haus von Frau Eleonore Kaufmann vor."

„Na, da hast du dir wirklich etwas vorgenommen. Dafür brauchst du aber einige Durchsuchungsbeschlüsse und musst auf jeden Fall zu unserem lieben Herrn Staatsanwalt, geschätzte Frau Seefeld. Daran kommst du nicht vorbei. Unseren Chef übernehme ich gerne für dich; den halte ich weiterhin auf dem Laufenden, ich habe jetzt den besten Draht zu ihm."

Ohne auf die zweideutigen Bemerkungen einzugehen, entgegnete Sina kurz und bündig:

„Ich gehe auch unliebsame Wege, um diesen Fall zu lösen."

Ihre Willensstärke beeindruckte Langner immer wieder aufs Neue.

Der Staatsanwalt bekam noch am selben Tag den Bericht von Sina auf den Tisch und sie wusste insgeheim schon im Voraus, wie die Angelegenheit weitergehen würde. Sie war auch diejenige, die sie zum Teil mitgestaltete. Ihre Fälle waren Geschichten des Lebens, Filme, teilweise unrealistisch und doch wieder so greifbar real, aber sie durften für sie selbst nicht relevant sein, sie durften vor allem keinen Einfluss auf ihr Leben nehmen. War das in diesem verworrenen Fall noch gegeben? Konnte sie sich noch gut genug abgrenzen?

Sina verließ das Dienstgebäude auf geradem Wege, sie hatte für heute die Nase voll, genug gearbeitet. An manchen Tagen hasste sie nichts mehr als ihre Arbeit, die sie aber wiederum liebte, wie nichts anderes, die sie brauchte, um existieren zu können. Wie oft hatte sie schon diese Zerreißproben durchlebt, die zwei Seiten der Medaille gesehen und gedreht. Heute war die Seite der Medaille schwarz, unklar, auch wenn sie gute Anhaltspunkte an diesem Tag bekommen hatte. Die Frage „Wer ist nun der Täter" stand nach wie vor so offen wie ein Scheunentor. Suchten sie einfach an der falschen Stelle? Gab es da noch jemanden, den sie nicht genau beleuchtet hatten? Hatten sie etwas übersehen?

Sina entschied sich, noch einen Absacker in der Havannabar, in der ehemaligen Hauptwache am Bonifatiusplatz, einzunehmen. Mit Sicherheit traf sie dort Bekannte und konnte sich etwas ablenken. Ihr Kopf zerplatzte fast, er ratterte wie eine Maschine, die auf Hochtouren lief.

Die brasilianische Musik war genau ihr Geschmack und die dazu passenden Cocktails schmeckten hervorragend. Sie bestellte sich zusätzlich Tortadillo Exotica – gebackenes Hähnchenbrustfilet – und wollte es sich nach all den Anstrengungen an der Bar so richtig schmecken und vor allem gutgehen lassen. Die ersten beiden alkoholischen Getränke leerte Sina auf ex. Das musste heute sein. Sie wickelte das Besteck aus der Papierserviette, als sie eine bekannte Stimme hinter sich vernahm. „Sieht ja echt lecker aus." Die Stimme kannte sie sehr gut. Sina drehte sich abrupt um. „Wenn man nichts Schlimmes ahnt, dann kommt es meistens anders, natürlich Langner hier und nicht in New York? Der Abend hätte vermutlich entspannend werden können, aber jetzt?"

Sina hatte den Eindruck, dieser Mann könne eventuell hellsehen oder ließ sie vermutlich heimlich beschatten. Ohne zu fragen, setzte er sich neben sie auf den noch freien Hocker, blickte ihr tief in die

Augen und sah ihr beim Essen zu. Er war bis über beide Ohren verliebt in seine schöne Kommissarin und litt ganz schrecklich unter ihrer Kühle.

‚Vielleicht hätte ich zu Hause doch nur ein Salamibrot zu mir nehmen sollen', aber für diese Gedanken war es jetzt zu spät. Sina ließ es sich bei der Gelegenheit dann doch nicht nehmen und textete Langner, wenn er nun schon einmal da war, für ein paar Minuten, während sie genüsslich ihr leckeres Essen zu sich nahm, mit Fulda-Infos voll. Sie hörte sich unglaublich gerne selbst reden und ihre Devise lautete: immer das Beste aus einer Situation herausholen.

„Langner, wusstest du eigentlich, dass am Hang des Frauenbergs 800 Weinstöcke stehen, die ca. 1000 Liter Wein im Jahr bringen und – jetzt kommt es – dass man für die Rebstöcke eine Patenschaft übernehmen kann? Wäre das nichts für dich?"

Langner schüttelte energisch den Kopf. Seine Augen leuchteten aber noch immer vor Verliebtheit.

„Es gibt dann da oben aber auch immer einmal im Jahr eine Veranstaltung ‚Weck (Brötchen), Worscht (Wurst) on Wie (Wein)', ein schönes Beisammensein der Weinfreunde zum Verkosten der Weine mit einem besonderen Flair."

„Hört sich sehr verlockend an, aber nein, danke, ich will im Moment etwas ganz anderes", flötete er Sina zu.

Bei so wenig Begeisterung für ihre Erzählungen und aufgrund der plumpen Anmache machte Sina kurzen Prozess.

„So. Fertig, mir ist schlagartig der Hunger vergangen. Tut mir leid dich jetzt enttäuschen zu müssen, aber ich muss heim in mein Bettchen."

Langner lächelte sie an.

„Und zwar allein, falls du noch irgendetwas zu dieser Tatsache sagen willst. Wir sehen uns morgen in alter Frische. Bis dahin bau keinen Scheiß. Den Cocktail kannst du gerne noch austrinken, ich hatte schon ein paar andere Getränke; außerdem bin ich für heute im wahrsten Sinne des Wortes satt. Pass auf, es ist ein Rum Cocktail, ein Bahama Papa, und der hat es in sich. Naja, auf Wein hast du ja keine Lust, pah."

Ohne auf ihre Anspielung einzugehen, konterte Mike und versuchte noch einmal sein Glück: „Ich könnte dir aber schon noch etwas behilflich sein, liebe Sina."

„Langner, ich habe zu Hause einen Kater, der ist mindestens genauso schlimm wie du. Auf den muss ich heute Nacht wieder gut aufpassen, sonst kriege ich Ärger mit den Nachbarn, ist das klar?"

Langner verstand nichts – nur Bahnhof, aber das wollte er natürlich nicht zugeben.

„Chirurgisch klar", antwortete er, auch wenn er nicht wusste, um was es genau ging.

Er war glücklich, diese Frau so ganz privat anhimmeln zu können.

„Ich könnte dich ja demnächst mal ins Klostercafé Flora auf den Frauenberg einladen, das ist echt toll da", versuchte es Langner nun doch noch einmal, um Punkte nachträglich zu sammeln.

„Langner, da bin ich jede Woche mindestens einmal. Da brauche ich doch keine Einladung von dir. Den Blick über Fulda hole ich mir regelmäßig und dass es da schön ist, brauchst du mir nicht zu sagen. Tschau und gute Nacht."

Sina hatte merkbar einen kleinen Schwips. Der Alkohol zeigte seine Wirkung und so entschied sie goldrichtig, ihr Auto am Bonifatiusplatz stehen zu lassen und in die Tränke zu laufen. Sie verneigte sich noch ehrfürchtig vor dem Bonifatiusdenkmal – Fuldas Denkmal zur Erinnerung an den „Apostel der Deutschen" – und schlug mit kleinen Schwankungen in ihren Gehschritten den Nachhauseweg ein. Die Luft tat ihr gut, dem Alkohol in ihrem Körper weniger. Der ließ nämlich durch die Luftzufuhr seiner Wirkung freien Lauf. Sina musste sich konzentrieren, ihren eingeschlagenen Kurs zu halten.

Glücklich und heil zu Hause angekommen, legte sie sich sofort in ihr ungemachtes Bett – besser gesagt: Sie fiel wie ein Stein auf das Laken. Ihr war es gerade mal egal, wie es bei ihr aussah. Morgen war schließlich auch noch ein Tag. Harry Potter gesellte sich zu ihr und kuschelte sich in die Decke. Aber auch das war in diesem Moment nicht von Interesse.

Der nur leichte Schlaf brachte ihr nicht die erhoffte Erholung. Sie wälzte sich im Bett hin und her und fand keine Ruhe. Teilweise utopische Bilder und Worte spielten sich vor ihrem geistigen Auge ab, ein heilloses Durcheinander.

Sie sah wie in einer Vision einige der vielen Fälle, die sie größtenteils auflösen konnte. Suizide, die für immer so stehen blieben, das Zugunglück des Jungen, der sein Leben doch noch vor sich hatte. Aber auch Bilder, die sich vor vier Jahren auf einem der Friedhöfe der Stadt zugetragen hatten. Wie in einem Film konnte sie die Verbrecher und ihre Taten im Traum beobachten. Sie hatten sich am Frauenberg zum Feiern verabredet, waren Anhänger des Satanismus, was sie niemals weiter bewerten wollte. Doch dort oben, unmittelbar am Weg des hiesigen Kreuzweges gelegen, heckten sie ihren Plan aus. Sie sah, wie sie auf dem Friedhof randalierten, die Totenruhe störten und schier Unmenschliches taten. Sie verwüsteten auch Kirchen und zerstörten Altäre in der Umgebung. Einige Friedhöfe in der Nähe wurden auf schlimmste Art und Weise verdreckt.

Das waren die Momente, in denen sie an der ganzen Menschheit zu zweifeln begann, in denen sie einfach nur raus aus dieser Welt wollte. Was waren das für Menschen und was ging in ihren Köpfen vor? Das Belastende war, sie musste eine von ihnen werden, um sie fassen zu können. Sie musste sich in die Gedanken, ja sogar in ihre Köpfe einklinken, um ihre Muster zu durchbrechen, um sie zu durchschauen.

Die Täter hatten ihre Spuren hinterlassen. Denen ging Sina nach, denn diese führten sie mit ein wenig Glück und „Kommissar Zufall“ zu ihnen, wenn auch oft auf sehr ungeraden Wegen.

Aber dann gab es die Fälle, die für immer offen blieben. Das Bild von zwei toten kleinen Mädchen durchlief ihren Traum. Es handelte sich um einen Fall, der noch in ihre Amtszeit in Frankfurt fiel. Er lag schon über zehn Jahre zurück und konnte nie aufgeklärt werden. Die Kinder wurden tot in einem Waldstück gefunden. Sie kamen aus sehr schwierigen familiären Verhältnissen und es lag die Vermutung nahe, dass die eigene Familie etwas mit dem Verbrechen zu tun hatte. Drogen waren im Spiel. Der Fall konnte nie aufgeklärt werden und lag in den Aktenkammern in Frankfurt. Sina begann schneller zu atmen.

Der neue Fall durchströmte ihren halbwachen, benebelten Kopf, Konrad, Karin, die Opfer und all diejenigen, die als Täter infrage kommen konnten, und es kamen definitiv alle diese Menschen infrage. Dieser Fall war anders. Sie musste so viel stehen lassen, hatte nichts in den Händen, konnte sich nirgends richtig einklinken. Es gab keinen wirklichen Grund und doch konnte jeder Einzelne von ihnen ein Motiv zum Morden für sich ausgemacht haben. Letztendlich wusste sie nicht, was in diesen Menschen vor sich ging. Wem konnte sie Glauben schenken und wem nicht? Sie brauchte stichfeste Beweise, um den Täter überführen zu können.

Und dann sah sie ihre eigenen persönlichen Bilder, die völlig durcheinanderliefen. Sie erlebte noch einmal das Gefühl ihrer ersten Liebe Markus, mit dem sie sich knutschend in den Ecken der Schule verdrückte und sich dadurch heftigen Ärger mit den Lehrern einfing. Da war die Beziehung mit Felix, der eigentlich nicht ihr Typ war, aber doch so gut zu ihr passte, weil er studierte und Klavier spielen konnte. Was für ein Blödsinn. Mitte zwanzig begegnete sie ihrem Traummann Adam, bei dem sie das sein konnte, was sie immer sein wollte und sie hatte den Eindruck, so eine Art Liebe spüren zu können. Es musste einfach Liebe sein, wenn Tausende von Schmetterlingen im Bauch herumflattern und man an nichts anderes mehr denken konnte. Er war zehn Jahre älter, was beide nicht störte. Aber er war verheiratet und trotz aller guten Vorsätze entwickelte sich aus den ersten unverbindlichen Treffen in einem Café eine heiße Affäre, die durch alle Höhen und Tiefen ging. Er verließ seine Frau nicht, denn sie hatten eine gemeinsame Tochter. Verliererin war Sina, zumindest kam sie sich so vor, als sie selbst die Affäre beendete. Aber sie hatte an Erfahrung gewonnen. Und dann kam Frank, ihr Ex-Mann, eine gleichmäßige Beziehung – kein Auf und kein Ab, Langeweile pur, irgendwann dann das Eheaus.

Erst jetzt wurden zarte Erinnerungen an ihre Kindheit in den Traum eingespielt. Das kleine Mädchen, das mit ihrem Bruder fröhlich spielte und langsam erwachsen wurde, bis zu dem Tag, an dem ihre Eltern tödlich verunglückten und die Zeit stillzustehen schien. Vater und Mutter kamen von einer gemeinsamen Tagung nie mehr zurück.

Sie war damals siebenundzwanzig, eine erwachsene Frau, aber der Tag des Unglücks hatte sich in ihr Gehirn eingemeißelt. Sie war und blieb schließlich das Kind ihrer Eltern. Der Polizist, der zu jedem Einzelnen von ihnen kam und ihnen die Todesnachricht der Eltern überbrachte, konnte doch nur der Satan sein. Wer sonst würde so eine Nachricht überbringen können? Sie wusste, das war völliger Blödsinn, aber sie hasste diesen Mann, ja sie verfluchte ihn, obwohl sie genau dieselbe Arbeit oft selbst machte, machen musste. Der Unterschied lag darin, nie selbst betroffen gewesen zu sein. Dieser Mann stellte für sie einen Täter dar und sie war sein Opfer. Wie oft aber war sie schon der Täter und die anderen Menschen ihr Opfer gewesen?

Ein Gefühl von Schuld schlich sich in den letzten Teil ihres Traumes, in dem sie versuchte, die Zeit zurückzudrehen. Auch ihre Fälle würde sie allzu gerne verändern und die Geschichte anders oder neu schreiben.

Sie spürte dieses Schuldgefühl schon lange.

Hätte sie doch die Reise und damit den Tod ihrer Eltern verhindern können, wenn sie an dem Wochenende wie geplant zusammen nach Hamburg ins Musical gefahren wären. „Phantom der Oper". Ja, das wäre der richtige Weg gewesen. Wäre Sie doch nur da gewesen....

Schuld

Harry Potter hüpfte unsanft mitten auf Sinas Bauch und wollte es sich bequem machen. Sina erwachte dadurch wie mit einem Paukenschlag aus ihrem doch so unruhigen Schlaf und brauchte einen kurzen Moment, um sich klar darüber zu werden, wo sie sich gerade befand. „Ja Harry, spinnst du jetzt, warum erschreckst du mich denn so mitten in der Nacht?“ Sie erhielt keine Antwort, nur ein leises Schnurren. Der Blick auf die Uhr verriet es: Es war gerade 2.00 Uhr; sie setzte Harry sanft an das Fußende des Bettes, ging in die Küche und trank einen Schluck Wasser. In der Küche ging sie unruhig auf und ab. „Mann, was für ein Scheiß, ich habe doch zu viel getrunken“, murmelte sie vor sich hin. Da gab es doch einiges, das auf ihrer Seele lastete und was sie noch nicht verarbeitet hatte. Sie fühlte sich für so Vieles „stellvertretend“ schuldig. Der Grund dafür war ihr nicht klar. Aber dieses Gefühl raubte ihr so oft den so dringend erholsamen Schlaf. Sie hatte es so satt, dass immer sie – die Polizei – schuld an allem sein sollte. Sie rissen sich alle den Arsch auf und waren am Ende doch nur die Buhmänner.

Doch was hatte es eigentlich mit der Schuld auf sich? Sie wusste, dass die Schuld ein Wort ist, das dem Wortschatz des Egos entspringt. ‚Könnte man das Wort „Schuld“ nicht einfach aus dem herkömmlichen Sprachgebrauch streichen? Dann würde die Welt doch gleich anders aussehen.‘

Vor etwa sechs Jahren hatte ihr die Dienststelle in Frankfurt psychologische Begleitung angeboten. Sina erinnerte sich schemenhaft: Sie hatte kurz nach dem Unfalltod ihrer Eltern eine Vergewaltigung aufklären können, den Täter endlich gefasst, als das Opfer, eine junge drogenabhängige Frau, auf sie losging und sie aus unerklärlichen

Gründen mit einem Messer attackierte. Die Situation war lebensbedrohlich und nur mit viel Glück konnten die Kollegen Sina aus der Gewalt dieser aggressiven Frau befreien. Die Frau hatte Sina tiefe Schnittwunden an Armen und Händen zugefügt, die bald wieder verheilt waren. Der Schreck allerdings steckte ihr noch lange in den Knochen; die seelischen Wunden blieben.

Ein Termin bei der Polizeipsychologin verlief jedoch wenig erfolgversprechend.

„Ich bin doch kein Psycho. Sie brauchen nicht zu denken, dass ich jetzt öfter zu Ihnen komme, auch wenn ich Sie ganz nett finde. Ich lege mich nicht auf die Couch."

Die Psychologin und Sina sprachen eine gute Stunde miteinander und am Ende des Gespräches war nicht mehr eindeutig klar, wer eigentlich die Hilfesuchende und die Hilfegebende war. Sina war hochintelligent und ließ sich ungern in die Karten schauen. Das hatte bisher niemand geschafft. Sie konnte manipulativ agieren, wenn sie das wollte. Nach dieser etwas anderen Sitzung bescheinigte die Psychologin:

„Die Patientin ist nicht therapierbar." Damit konnte Sina leben, die Fässer, die bis zum Rand gefüllt waren, sollten schon dort bleiben, wo sie waren, im Verborgenen, geschlossen und nicht erreichbar. Damit musste sich auch eine Frau Psychologin und auch der Dienststellenleiter abfinden, ob ihnen das gefiel oder auch nicht. Vielleicht hätte die Dame auch einige Sitzungen nötig gehabt. Aber dafür hatte Sina damals und auch heute nun wirklich keine Zeit.

Sina legte sich wieder ins Bett. Sie faltete bittend und betend die Hände und ihre Augen richtete sie nach oben zur Decke, die den „Himmel" in dieser Nacht vertreten musste.

„Bitte, nur ein wenig Schlaf nach diesem ganzen beschwipsten Gedankenchaos."

Das fehlte noch: Noch einen „Kater" neben ihrem Kater Harry

Potter konnte sie am morgigen Tag überhaupt nicht gebrauchen. Und sie wurde erhört: Tief und fest schlief sie endlich ein.

Mit den Waffen einer Frau

Sinas Wecker klingelte unüberhörbar und unbarmherzig, aber sie drehte sich auf die andere Seite und legte das Kissen auf ihren Kopf. Sie wollte nichts, aber auch gar nichts hören. Die vergangene Nacht hatte es in sich gehabt und an einen Morgen, vor allem an einen Guten Morgen, war einfach noch nicht zu denken. Sie hatte in den paar Stunden Schlaf noch nicht wirklich ausreichend Kraft und Energie schöpfen können, abgesehen von der nächtlichen Wanderung und den unruhigen Träumen. Ihr Kopf dröhnte und schien förmlich zu zerplatzen. Aber der Wecker kannte keine Gnade, auch wenn Sina ihn vom Tisch trat. „Mist". Es war schon nach 7.30 Uhr. Um 8.00 Uhr hatte sie den Termin beim Staatsanwalt.

Nachdem sie sich nach längerem Zögern doch entschied, aufzustehen, ging sie mit fast noch geschlossenen Augen ohne Umschweife auf den Medizinschrank zu. Sie löste eine Kopfschmerztablette in Wasser auf und schluckte die bitter schmeckende Flüssigkeit zügig.

‚Ich hätte einfach durchmachen sollen`, kam es ihr in den Sinn. Aber da kam mir ja der Langner in die Quere. Oder ich hätte mal wieder meinen Arzt treffen können. Aber mit dem ist ja auch nicht wirklich viel los.'

Die Dusche musste ausfallen und Frühstück war auch nicht mehr drin. Sie schlüpfte in ihre Jeans vom Vortag und zog sich ein frisches T-Shirt und einen sportlichen Blazer an. Zähneputzen, ein Durchfahren mit der Hand durchs wellige Haar, das musste heute reichen. Dusche aus der Dose war die beste Erfindung, die es gab, fand Sina an diesem düsteren, wolkenverhangenen Morgen.

Im Präsidium schnappte sie sich die Fuldaer Zeitung an der Info und erblickte auf dieser schon die dick geschriebenen Blockbuchstaben auf der ersten Seite: Tödlicher Unfall auf der Landstraße nach Großenlüder bleibt ungeklärt.

„Diese Pressefuzzis haben wirklich nichts anderes zu tun, als die Schicksale der Menschen in der Luft zu zerreißen“, schimpfte Sina lauthals vor sich hin. An ihrem Schreibtisch angekommen, schlug sie rasch die Regionalseite auf und konnte sich sogar mit auf einem Foto, an der Unfallstelle aufgenommen, bewundern.

„Wunderbar, ganz toll, in der Presse als Idiotin, als Trampeltier zu stehen, die nicht in der Lage ist, einen undurchsichtigen Unfall zu klären. So stand es zwar nicht im Bericht, aber so interpretierte es Sina an diesem doch unsäglich miesen Morgen. Sie kam sich in diesem Moment unfähig und dumm vor.

Sie überflog kurz den Bericht: Fulda-Großenlüder – Am frühen Montagmorgen kurz nach 3.00 Uhr ereignete sich wie berichtet auf der Landstraße zwischen Fulda und Großenlüder ein ungeklärter tödlicher Verkehrsunfall. Ein Golf IV kam aus bislang unbekannter Ursache (Polizei ermittelt) nach rechts von der Fahrbahn ab und prallte mit hoher Geschwindigkeit gegen einen Baum. Aufgrund des schweren Aufpralls konnte die 28-jährige Fahrerin nur noch tot geborgen werden. Bremsspuren lassen vermuten, dass noch ein weiteres Fahrzeug am Unfall beteiligt war. Die Landstraße war über zwei Stunden gesperrt. Hinweise, die zur Unfallklärung beitragen, nimmt die Polizeidirektion Fulda …, entgegen.

Ein rascher Blick auf die Uhr verriet Sina, dass der Zeiger schon auf fünf Minuten nach 8 Uhr stand.

„Wer hat eigentlich diese blöde Uhr erfunden?“, meckerte Sina vor sich hin. Von Faust und Langner auch weit und breit keine Spur. Wo steckten die beiden? Aber sie war ja Kummer gewohnt.

Naja, und der Staatsanwalt Karl Meier ebenfalls. Aber sie konnte ihren jederzeit abrufbaren Charme einsetzen und versuchen, den guten Herrn Meier etwas um den Finger zu wickeln. Natürlich nur versuchen, denn Staatsanwalt Meier ließ sich durch nichts und niemanden von seiner sachlichen Art und Weise abbringen. Er war eine echt harte Nuss, die es galt zu knacken. Sina hatte noch einen Trumpf gegen ihn in der Hand. Sie kannte die Leidenschaften und Schwächen des Staatsanwalts gut und wusste genau, wie sie diese bewusst für sich ausnutzen beziehungsweise einsetzen konnte.

So stürmte sie mit einem kurzen Anklopfen ins Büro des Staatsanwalts, der gerade dabei war, Akten zu studieren. Er blickte skeptisch über seine Lesebrille, seine Halbglatze glänzte wie immer poliert und er rückte sich seinen korrekt sitzenden dunklen Anzug und die mit Karomuster bestückte Krawatte zurecht, als Sina endlich in voller Größe vor ihm stand.

„Na, Frau Seefeld, auch schon ausgeschlafen?“

„Ja, klar, aber immer, Herr Staatsanwalt, Guten Morgen“, antwortete Sina selbstsicher und mit ihrem schönsten Lächeln. Es lohnte sich nicht wirklich, es sich mit Staatsanwalt Meier zu verscherzen. Das wusste Sina nicht nur instinktiv, nicht nur vom Hörensagen, sondern sie hatte es schon mehrfach am eigenen Leib zu spüren bekommen.

Ohne Aufforderung ließ sie sich auf dem Besucherstuhl nieder.

„Ich will es kurz machen, denn Sie sind ja schon von unserem guten Chef, Herrn Pfeiffer, bestens informiert worden. Ich bringe Ihnen den Bericht vom Fall eigenhändig vorbei. Ich benötige dringend Ihre persönliche Entscheidung und Meinung und vor allem eine ganze Reihe von Durchsuchungsbeschlüssen und das ziemlich schnell. Sozusagen Gefahr im Verzug, kleiner Scherz, Herr Staatsanwalt. Sie haben da immer den richtigen Blick für die richtigen Schritte.“

„So, so, unsere ehrgeizige, couragierte Frau Seefeld.“

Ein bisschen Honig um den Mund tat Herrn Meier immer gut. Sina erläuterte dem Staatsanwalt ihre angedachten weiteren Schritte in den Ermittlungen. Er versprach, sich umgehend den Sachverhalt anzuschauen und die weitere Verfahrensweise schnellstmöglich bekanntzugeben. Seine Meinung zum Fall behielt er vorerst für sich.

„Sie wissen doch nur zu gut, wie das hier läuft. Das zuständige Gericht und somit der Richter entscheidet über das weitere Vorgehen. Ich kann nur den Antrag stellen."

„Ja, das weiß ich, aber ich weiß auch, dass Sie den Richter sicherlich bald treffen werden." Sina erhob sich schon wieder vom Stuhl, zwinkerte dem Staatsanwalt amüsiert zu und fügte noch gekonnt hinzu:

„Also dann, viel Spaß beim Golfen und lassen Sie Ihren Gegner am Leben und grüßen Sie mir den Richter ganz herzlich."

Herr Meier lachte verschmitzt. Das war ein wunder Punkt in seinem ach so korrekten Leben. Eine Leidenschaft, die ihm den Hals kosten konnte, wenn beim Golfen wirkliche Gefahren existieren würden.

„Danke, danke, Frau Seefeld, ich werde mein Bestes geben. Und Sie denken in Zukunft daran: Pünktlichkeit ist eine Zier."

„...doch weiter kommt man ohne sie. Noch mal kleiner Scherz, Herr Staatsanwalt. Das Hofgut Praforst ist wirklich ein schöner Ort für diesen Sport und für die Entspannung", sagte Sina mit einem reizenden Augenaufschlag. Sie spielte gerne mit Worten und nicht nur mit den Worten. Sie spielte gerne, auch mit den Menschen, auch mit dem Wissen, sich moralisch und gesellschaftlich damit auf ein Nebengleis zu begeben und zu gegebener Zeit eventuell dafür einen hohen Preis bezahlen zu müssen. Aus jedem Match konnte ein anderer als Gewinner hervorgehen. Aber genau das war das Spannende, darin lag der Reiz. Sie spielte gerne, und das mit vollem Risiko.

„So, jetzt machen Sie, dass Sie verschwinden, Sie sind ja der reinste Scherzkeks heute Morgen."

‚Wenn der wüsste', dachte sich Sina insgeheim. Sie fühlte sich noch immer so, als wäre eine Walze über sie gerollt.

„Ich werde auch mein Bestes geben, versprochen", antwortete Sina lachend beim Verlassen des Büros. Wie hasste sie es, ständig unabwendbare Entscheidungen noch von dem Guru absegnen zu lassen. Das konnte sie nur mit dem nötigen Humor akzeptieren. Und auf der Schleimspur von heute wäre sie selbst fast ausgerutscht.

Aber die Mühe hatte sich gelohnt. Die Durchsuchungsbeschlüsse hatte Sina schneller als gedacht auf ihrem Tisch liegen. Alsbald konnte sie die weiteren Maßnahmen im Fall einleiten. In der Zwischenzeit hatte sie alle Hände voll zu tun. Die Schreibtischarbeit, die so viel Zeit in Anspruch nahm, hatte tagelang ungewollt eine Pause einlegen müssen. Diese Bürotätigkeit sah von außen niemand. Wie viele Menschen schauten sich sonntags abends um 20.15 Uhr den Tatort an und glaubten tatsächlich, so und nicht anders würden die Ermittlungen und die Arbeit von Polizeibeamten, von Kommissarinnen und Kommissaren laufen. Weit gefehlt. Die Arbeit war oft alles andere als spannend, mitreißend und befriedigend. Der Papierkrieg nahm sie oft stundenlang in Beschlag und hatte alle förmlich im Griff. Die eigentlichen wichtigen Ermittlungen und Recherchen mussten manchmal warten beziehungsweise erforderten die zahlreichen Überstunden, denn schließlich sollten gute Ergebnisse auf dem Tisch liegen.

Und beim Tatort hatte fast jeder Fall eine Trefferquote. Wie schön!

Das wirkliche Leben sah ein bisschen anders aus. Natürlich wurden Fälle gelöst, aber Vieles blieb auch ungeklärt und das auf unbestimmte Zeit, oftmals für immer.

Langner war mittlerweile aus dem Nichts aufgetaucht, aber Faust befand sich, so wie es den Anschein hatte, immer noch in einem Einsatz.

Die weiteren Maßnahmen liefen parallel. Ein Trupp von Polizistinnen und Polizisten durchforstete die Wohnungen der aufgelisteten Personen; drehten förmlich alles einmal komplett um. Eine andere Gruppe befragte die Schülerinnen und Schüler von Konrad Kaufmann. Jana Schröder von der SpuSi war mit einer Einsatzgruppe im Schlossgarten zugange. Jeder Grashalm, jeder Busch, jedes Beet wurde beleuchtet. Da ein Taucher in dem Schlossgartenteich aufgrund der Beschaffenheit und der bestehenden Fontänen nicht Erfolg versprechend gewesen wäre, wurde das Wasser auf ausdrückliche Anweisung aus dem Teich gepumpt und der verschlammte Boden auf Gegenstände untersucht. Algen und andere Rückstände machten die Suche mit einem speziellen Metallsuchgerät dabei nicht gerade einfach, aber der geheimnisvolle Fund und die Tatwaffe blieben im Verborgenen. Die Suche ging weiter...

Als es bereits zu dämmern begann, hielt ein im Teich suchender Beauftragter einen mit Algen geschmückten Gegenstand in die Höhe.

„Hier ist was!"

Sofort wurden die leitende Kommissarin und die SpuSi per Handy verständigt.

Sina und Jana betrachteten sich den Gegenstand vor Ort im Schlossgarten. Es handelte sich tatsächlich um einen massiven Dolch, der als Tatwaffe infrage kommen konnte. Und Sina fiel es wie Schuppen von den Augen. Sie schlug sich die flache Hand an die Stirn.

„Oh Mann, wie blöd muss man eigentlich sein? Das ist es, das ist es." Die Puzzleteile reihten sich für sie endlich aneinander.

Wenn das die vermutete Tatwaffe sein konnte, was Jana für durchaus möglich hielt – weitere Untersuchungen mussten erst noch abgewartet werden – und Konrad mit dem Dolch erstochen worden war, dann hatte er einen ähnlichen Tod erlitten wie der Heilige Bonifatius. Sie erinnerte sich an die Bibelblätter am Bilderrahmen des Schlossgartens, die leider keine weiteren Aufklärungen bringen konnten. Vermutlich hatte der Mörder sie als Rätsel mit auf den Weg gegeben. Ein Mord an Konrad, einem Märtyrer der Neuzeit, der hochbegabt, beliebt, intelligent und angesehen war und für jeden nur das Beste wollte, der glaubte, liebte und hoffte. Genial. Und wer sammelte Waffen und Altertümer und wer war förmlich wie besessen von den Heiligen…?

„Also doch der Pfarrer, schade, ich hätte ihm echt gerne Glauben geschenkt.

Den schnapp ich mir, auch wenn noch nicht feststeht, dass es die Mordwaffe ist."

„In zwei Stunden weißt du Bescheid, ich mache mich sofort an die Untersuchung", versicherte ihr Jana.

„So lange warte ich nicht, ich verhafte den jetzt an Ort und Stelle."

Geduld war definitiv nicht Sinas zweiter Vorname. Die nötige Gelassenheit blieb ebenfalls auf der Strecke.

Aber der Pfarrer hatte andere Pläne. Er hatte sein Handy abgeschaltet und war nicht zu erreichen. Und im Landgasthof Marga erhielt Sina nur den Hinweis, er sei in seine Heimatgemeinde Richtung Bamberg abgereist. Tatsächlich, er war, ohne Bescheid zu geben, gefahren, obwohl er sich zur Verfügung halten sollte. Für Sina sah es nach einer Art Flucht aus. Eine Großfahndung wurde eingeleitet. Mittlerweile lag es auf Sinas Schreibtisch schwarz auf weiß. Der Dolch war tatsächlich die Mordwaffe und stammte mit etwas Glück aus dem Besitz von Pfarrer Alexander Polinski. Eine Gravur mit seinen Namensinitialen gab darüber Aufschluss und bekräftigte diese Vermutung. Fingerabdrücke konnten durch die Wassermassen nicht mehr identifiziert werden, aber der Dolch war von der Beschaffenheit her der Gegenstand, der Konrad getötet hatte. Der Pfarrer musste der Täter sein. Ein Pfarrer, der seinen eigenen Sohn tötet? Warum? Aus Scham, die Sache könnte aufgedeckt werden? Aber er hatte doch diesen Sohn vor seinem Priesteramt gezeugt. Das war nun wahrhaftig kein Einzelfall. Konnte und wollte er mit seinem Gewissen so nicht leben, wollte er das vernichten, was er mit erschaffen hatte?

Oder handelte es sich um Mord aus reinem Fanatismus oder aus Wahnsinn? Wollte er seinen Sohn den Heiligen opfern? Wurde der Pfarrer von seinem eigenen Sohn erpresst? Oder beging er einen Mord, weil Konrad aus der Kirche austreten wollte? Sina überlegte angestrengt, verstehen konnte sie nicht eine ihrer durchgespielten Varianten, die alle absolut verrückt klangen. Der Pfarrer musste ausfindig gemacht werden. Dringend!

Schon am nächsten Morgen wurde er ins Vernehmungszimmer geführt. Ein Sondereinsatzkommando hatte ihn in seinem Pfarrhaus bei Bamberg aufgegriffen, vergleichbar mit einen Schwerverbrecher.

„Warum sind Sie abgehauen?“ Sina blitzte Pfarrer Polinski fordernd mit ihren Augen an.

„Ich bin nicht verschwunden oder abgehauen, wie Sie es bevorzugen zu sagen, ich bin wieder zurück in meine Pfarrgemeinde gefahren, meine Arbeit wartet schließlich auf mich. Außerdem gab es für mich in der Rhön nichts mehr zu tun. Eleonore ist von Gersfeld in eine psychiatrische Klinik verlegt worden. Da kümmert man sich um sie.“

„Ach, so einfach ist das für Sie. Ab in die Klapse. Wissen Sie, was auf Sie wartet? Auf Sie wartet die Untersuchungshaft und sonst nichts. Wir hatten Sie gebeten, sich für weitere Fragen zur Verfügung zu halten. Und was machen Sie? Sie verschwinden einfach so aus dem schönen Hilders, ohne auch nur ein Sterbenswort zu sagen – Richtung Bamberg, so als würde Sie das alles hier nichts angehen. Aber das geht Sie sehr wohl noch etwas an. Herr Pfarrer Alexander Polinski, denn wir haben Grund zur Annahme, dass Sie ihren Sohn Konrad Kaufmann ermordet und seine Freundin Karin Römer in den Tod getrieben haben.“

Polinski fiel in schallendes Gelächter:

„Was soll ich getan haben? Meinen eigenen Sohn getötet? – Jetzt machen Sie mal halblang. Ich töte doch nicht mein eigen Fleisch und Blut; haben Sie schon einmal was von den zehn Geboten gehört: Du sollst nicht töten! Und warum um alles in der Welt hätte ich denn das Mädchen umbringen sollen?

Und auch wenn Sie sich das jetzt vielleicht nicht vorstellen können: Ich habe meinen Sohn geliebt.“

„Wie erklären Sie sich dann das hier, Herr Pfarrer? Und hören Sie auf mit den Geboten.“

Sina fuchtelte mit dem Dolch vor Polinskis Nase herum.

„Das ist der Dolch, mit dem Ihr Sohn ermordet wurde und die Papiere auf meinem Schreibtisch sind alte Schriftsätze aus einer Bibel. Beides stammt – so vermuten wir – aus Ihrem Besitz. Was sagen Sie denn jetzt bitte schön dazu?“

„Das stimmt, ich habe diese Kunstgegenstände meinem Sohn übergeben. Er war genauso interessiert wie ich an Sammelschätzen.

Er wollte in meine Fußstapfen treten.“

„Schöne Fußstapfen.“

Biggi Meister, vorschriftsmäßig in Polizeiuniform gekleidet, kam, ohne anzuklopfen, mit einer Akte, die aus ihrer Sicht brisant und eilig zu sein schien, wedelnd in den Raum.

„Ich hab‘ da was für dich“, flötete sie fröhlich lachend.

„Jetzt nicht“, antwortete Sina schroff. „Du siehst doch, ich bin im Gespräch.“

„Könnte aber gerade jetzt interessant für dich sein.“

Sina verließ mit Biggi genervt den Raum und blieb mit ihr vor der geschlossenen Türe stehen.

„Hey, was ist, du siehst doch, dass ich dem gerade auf den Zahn fühle.“

„Vielleicht irrt sich ja auch mal eine große Kommissarin“, lästerte Biggi und hielt Sina immer noch die Akte unter die Nase.

„Also nur ganz kurz und in Schnellversion. Die Beamten sind auf einiges gestoßen. Also den Lehrer Kraus und den Ausstellungsleiter Winkler kannst du als Täter nicht ganz ausschließen, aber meiner Meinung nach sind die beiden für so eine Tat viel zu blöd. Denen ist bei der Hausdurchsuchung ihr Verhältnis um die Ohren geflogen. Da sind ominöse Sachen aufgetaucht; ich will mich jetzt nicht näher darüber auslassen, was genau.“ Biggi konnte ein Grinsen nicht verbergen. „Die Frau von Kraus ist gerade dabei, die Koffer zu packen. Der Kaufmann hatte die zwei Hübschen – also Kraus und Winkler – wohl mal in der Schule in flagranti erwischt, hat Kraus gebeichtet. Das war ihm superpeinlich gewesen und er hat Konrad regelrecht angefleht, den Mund zu halten. Konrad hatte den Lehrer sozusagen in der Hand, aber davon hat der Junge keinen Gebrauch gemacht. Das Verhältnis hat ihn nicht wirklich interessiert und schultechnisch war er ja eh vorne dabei. Was hätte ihm dann so eine Erpressung gebracht? Also ein wirkliches Motiv ist da nicht zu erkennen. Er gehörte schließlich zu den ‚Guten'."

„Naja, wer weiß, wer weiß", murmelte Sina.

Kraus und Winkler hatten ein Verhältnis, darauf wäre Sina beim besten Willen nicht gekommen, aber wo die Liebe hinfällt. Sina konnte sich ebenfalls ein Schmunzeln nicht ganz verbergen.

„Die können wir also am lockeren Zügel laufen lassen."

„Und jetzt kommt der Hammer. Das haben die Beamten in der Wohnung von Rolf Lüdtke gefunden."

Nun brachte Biggi wieder ihre Akte, die sie nun endlich Sina in die Hand drückte, ins Spiel.

Sina schaute sich die Unterlagen an. Darin fand sie Planungsunterlagen für einen neuen zwielichtigen Klub in einem Stadtteil Fuldas. Außerdem lag ein Zettel inmitten der Akte. Auf dem stand:

„Ich verpfeif dich an die Bullen, wenn du das Ganze nicht stoppst. Konrad."

Sina stürmte wutentbrannt in das Vernehmungszimmer und warf die Akte auf den Tisch, an dem noch immer der Pfarrer mit aufgesetzter Unschuldsmiene saß.

„Was ist das?", fragte sie Polinski wutentbrannt und gab sich auch gleich selbst die Antwort.

„Das sind Planungen für einen Klub, von dem anscheinend Ihr Sohn Wind bekommen hat. Und da er ja genau wie sein Vater die Welt verbessern wollte, hat er sich da vermutlich zu tief in was reingehängt und mit seinem Leben bezahlt. Machen Sie endlich ihren Mund auf. Was wissen Sie?"

„Ich kann nicht. Beim besten Willen nicht. Nur so viel. Auch in den eigenen Reihen ist nicht alles Gold, was glänzt."

„Hören Sie jetzt auf in Rätseln zu sprechen, Sie wissen, wer hinter dem Ganzen steckt. Das kann doch nicht wahr sein. Das ist doch das Letzte. Sie bleiben hier in Untersuchungshaft, bis wir mehr wissen."

„Gerne, Frau Kommissarin, ich werde beten, auch für Sie."

„Das können Sie gerne tun, mir wäre es lieber, wenn Sie endlich den Mund auftun würden. Es geht doch hier um die Aufklärung des Mordes an Ihrem Sohn und um Ihre so hoch gehaltene Gerechtigkeit, Herr Pfarrer."

„Welche Gerechtigkeit meinen Sie? Eventuell Ihre eigene, Frau Kommissarin?"

Ein echter Albtraum

Sina hatte die Nase gestrichen voll; auf ihr Gespür konnte sie zurzeit nicht mehr vertrauen.

Eine schlechte Energie begleitete sie auf Schritt und Tritt, steuerte und beeinflusste sie fremd. Diesen Eindruck wurde Sina nicht los.

Dabei brauchte sie doch so sehr ihre Intuition in der Arbeit und das positive, gute Gefühl bei dem, was sie tat. Gab es doch so etwas wie einen Teufel? Wenn ja, machte es ihm Spaß, alle an der Nase herumzuführen und Schachmatt zu setzen.

Die Ereignisse schienen sich nun förmlich zu überschlagen.

Langner kam in den Raum, um eine neue Hiobsbotschaft zu verkünden.

Pfarrer Polinski wurde gerade von Polizeibeamten abgeführt.

„Den kann ich hier nicht lange festhalten. Mir fehlen wie immer die Beschlüsse und die verdammten Beweise", stöhnte Sina.

„Hör mal zu, wir haben einen Anruf bekommen." Langner fasste sich an sein rechtes Ohrläppchen und rieb es zwischen Daumen und Zeigefinger.

„Ja, ich kriege mehrere Anrufe am Tag", spottete Sina genervt.

Sie hatte sich auf ihren Drehstuhl fallen lassen und biss nervös an ihren Fingernägeln.

„Egal, was es ist, ich muss jetzt eine rauchen und es ist mir jetzt auch wurscht, ob ihr was dagegen habt oder nicht."

Sina fischte aus ihrer Tasche ein Zigarettenpäckchen zum Vorschein, sprang aus ihrem grauen Stuhl und holte einen Aschenbecher, den sie zwischen einigen Akten versteckt hatte. Und schon zündete sie sich einen Glimmstängel an, atmete tief ein, wieder aus, blies den Dunst gegen die Tischlampe und beruhigte sich etwas. Sie beugte sich langsam vor und stütze sich mit den Ellenbogen auf dem Tisch ab.

„Das geht mir hier alles an die Substanz“, stöhnte sie.

„Hey, Schatz, bleib‘ doch mal ganz unruhig, vielleicht haben wir ihn oder sie bald.

Der Anrufer sagte, er habe einen schwarzen SLK bei einem Überholmanöver mit einem Golf beobachtet am Montagmorgen und ...wir haben noch etwas entdeckt.“

Langner holte wie aus einer Trickkiste Fotos aus seiner Jackentasche.

„Tatatata. Schau dir mal das Bild hier an.“

Langner zeigte Sina ein Schwarz-weiß-Foto, das in der Nacht kurz vor der Unfallstelle von einem fest installierten Blitzer gemacht worden war. Es zeigte einen nicht gut erkennbaren Mann in einem schwarzen SLK, der auf den Glatzkopf, Rolf Lüdtke, zugelassen war, mit überhöhter Geschwindigkeit. Das Bild, das zuvor geschossen worden war, zeigte Karin Römer in ihrem Golf.

„Na, macht es Klick?“

„Das ist jetzt nicht dein Ernst. Und warum in aller Welt tauchen diese Bilder nach tagelangen Ermittlungen auf? Kann mir das mal jemand hier sagen?“ Sina schlug mit der flachen Hand auf den Schreibtisch.

„Was sind wir denn hier für ein Haufen? Ein Haufen Dilettanten, oder was? Habt ihr eigentlich außer Zahnbelag auch mal was drauf?“

„Jetzt reg dich doch nicht so auf. Den Blitzer haben wir anfangs ein bisschen vergessen, sozusagen. Aber jetzt ist doch alles gut.“

Sina musste an ihre schlaflosen Nächte, an ihre innere Unruhe denken, von wegen – alles ist gut, nichts war gut, gar nichts war gut. Sie konnte das ganze Konstrukt nicht mehr klar durchdenken.

„Nichts ist gut, ich will jetzt den verdammten scheiß Mörder fassen.“

„Ich glaub, du bist wirklich reif für einen Urlaub, Sina“, sagte Biggi jetzt allerdings etwas vorsichtiger.

„Ich mache Urlaub, wann ich es will und wann ich es für richtig halte, nämlich dann, wenn der Albtraum hier ein Ende hat."

„Er hat doch bald ein Ende. Komm, wir schnappen uns den jetzt."

„Mit welchen Beweisen bitteschön? Wir können ihm lediglich nachweisen, dass sein Auto mit einem nicht erkennbaren Mann darin kurz vor Karins Unfall geblitzt worden ist, das ist ja nun noch kein Beweis für einen Mord."

„Und wir haben Hinweise aus erster Hand, dass er illegal einen Puff aufmachen und zusätzlich tschechische Mädchen verschleppen will. Wir haben das heute im Milieu wasserfest recherchiert. Du kennst doch den dicken ‚Riesen'. Der hat heute geplappert wie ein Wasserfall. Sina, was ist los, wo ist deine Weitsicht? Wir haben das Schwein so gut wie in der Tasche."

„Das glaube ich erst, wenn ich es schwarz auf weiß sehe. Die verdammte Akte hat mir Faust auch nicht auf den Tisch gelegt. Was läuft denn überhaupt hier in dem Laden?

Und was ist mit dem geheimen Fund von Konrad? Der ist immer noch nicht aufgetaucht, weder im Schlossgarten noch in den Wohnungen und ich habe den Eindruck, dass wir nicht die Einzigen sind, die nach diesem Schatz gesucht haben. In Konrads Zimmer ist mir sofort aufgefallen, dass da jemand vor uns gewesen ist, jemand, der schneller ist als wir. Stellt sich nur die Frage, ob dieser Jemand das gefunden hat, was er gesucht hat oder etwa auch nicht? Sieht für mich nicht ganz so aus, aber wer weiß? In diesem Fall ist alles anders als sonst. Ein Irrtum jagt den anderen. Damit ist jetzt endgültig Schluss."

Ihre Nerven lagen zwar blank. Aber in Ansätzen kam Sinas klare Struktur wieder zum Vorschein.

Für einen Moment war sie doch tatsächlich ins Schwimmen gekommen; sie hatte das Gefühl, den Boden unter den Füßen ganz und gar zu verlieren. Jetzt wusste sie wieder, wie sie weiter vorzugehen hatte, wo der Schlüssel liegen konnte. Sina zwang sich zur Ruhe und atmete dreimal tief ein und aus.

Gefahr in Verzug

Mit einer Einsatzstreife der Polizei fuhren Seefeld und Langner auf direktem Weg in das Fitnessstudio, in dem sie sogleich den Glatzkopf, Rolf Lüdtke, im Eingangsbereich antrafen und ihn aufforderten, mit ins Präsidium zu kommen:

„Wir müssen umgehend mit Ihnen reden – Mordverdacht in zwei Fällen – Konrad Kaufmann und Karin Römer. Wir haben eindeutige Beweise, Fingerabdrücke, Spuren in beiden Fällen. Wir haben die Waffe gefunden, mit der Herr Kaufmann heimtückisch ermordet wurde und weitere eindeutige Fingerabdrücke und Blutspuren im Schlossgarten entdeckt. Außerdem haben wir wunderschöne Fotoaufnahmen." Seefeld fuchtelte mit den Bildern der Blitzlichtanlage vor Lüdtkes Nase herum, aber so, dass er darauf nichts Konkretes erkennen konnte –. „...Und schließlich Zeugen in der Todesnacht von Karin Römer auftun können, die das Abdrängen durch Ihren Wagen, Herr Lüdtke, beobachtet haben und dies auch bezeugen werden."

Sina bluffte beziehungsweise spielte mit den wenigen Fakten, die sie vorliegen hatte. Sie pokerte und das tat sie verdammt gut und überzeugend.

„Dass ich nicht lache", gab Lüdtke gelassen zur Antwort.

Genau in diesem Augenblick kam Klaus Faust zur sichtlichen Überraschung der Beamten mit Tanja Kaufmann im Schlepptau aus dem Seitengang des Fitnessstudios zum Eingangsbereich – unwissend vom gerade stattfindenden „Wortgefecht".

Beide machten düstere Mienen.

Seefeld und Langner blickten sich verdutzt an.

„Was machst du denn hier?", wollte Sina wissen.

„Ich denke, du bist uns eine Erklärung schuldig."

„Ja, nach was sieht es denn aus? Ich trainiere hier, was dagegen?"

„Mit Tanja Kaufmann, ist ja interessant", konterte Langner.

„Nee, die habe ich zufällig getroffen und wollte sie noch zu dem jüngsten Fall befragen."

„Zum jüngsten Fall", äffte Tanja Kaufmann nach.

„Dass ich nicht lache." Sie hatte augenblicklich den Ernst der Lage für sich erkannt.

Sina nahm Faust zur Seite und schaute ihn ernst an: „Du sagst mir auf der Stelle, was hier gespielt wird, bevor noch alles viel, viel schlimmer wird."

„Ich weiß nicht, was du meinst? Ich trainiere hier und das ist ja nicht verboten."

Die Luft war zum Schneiden.

Plötzlich verlor Tanja Kaufmann ihre Fassung, ihr stand die Angst auf die Stirn geschrieben; sie lief mit weit aufgerissenen Augen auf Seefeld und Faust zu:

„Glauben Sie ihm kein Wort, er lügt, Rolf und ich waren es nicht. Er hatte die Idee. Er hat gesagt, der Kleine muss weg, der macht zu viel Ärger."

Faust stellte sich augenblicklich hinter Tanja und hielt ihr mit beiden Händen den Mund zu.

„Lass' sie sofort los", mischte sich Langner ein, „was soll das denn jetzt, spinnst du vollkommen?", und zog Tanja Kaufmann von Klaus Faust weg.

„Wir gehen jetzt alle ins Polizeipräsidium. Es scheint erheblichen Klärungsbedarf zu geben." „Ich fasse es nicht." Sina war von dem Verhalten ihres Kollegen Faust sichtlich geschockt, jegliche Farbe wich aus ihrem Gesicht. Aber ihr wurde plötzlich so einiges klar: Die lückenhaften Befragungen in der Orangerie, die fehlerhafte Einladungsliste, das Zurückhalten beziehungsweise Verschweigen von wichtigen Informationen.

Sie hatte Klaus jahrelang Vertrauen geschenkt und jetzt so ein hinterlistiges Spiel?

Als alle Beteiligten gerade im Begriff waren, das Fitnessstudio zu verlassen, geschah etwas Unvorhergesehenes, etwas, mit dem niemand in diesem Moment wirklich rechnete, weil die Situation unter Kontrolle schien.

Der sonst so ruhig und besonnen wirkende, alles im Griff habende Glatzkopf Lüdtke verlor seine Beherrschung.

Er zog ein Messer aus seiner Hosentasche, nahm Sina Seefeld in seine Gewalt, hielt sie vor seinen Armen verschränkt fest und bedrohte sie. Er setzte das Messer an ihren Hals und schrie die Einsatzkräfte aus voller Kehle an:

„Alle raus hier, ich bringe die Alte um, wenn ihr nicht alle verschwindet und tut, was ich euch sage. Ich lasse mir von euch meinen Klub nicht kaputtmachen. Die Weiber sind schon unterwegs, es ist alles geplant. Nur wegen dem scheinheiligen kleinen Bastard Konrad und dem scheiß Bullen, der meint, mich unter Druck setzen zu können, schon lange die Hand aufhält und mit meiner Alten was hat – sein Blick blieb starrend auf Faust haften – gebe ich meine Zukunft nicht auf, habt ihr das verstanden? Habt ihr das verstanden? Nicht nach den ganzen Anstrengungen."

Langner reagierte blitzartig: „Herr Lüdtke, jetzt bleiben Sie ganz ruhig, wir tun genau das, was Sie uns sagen."

„Die Leute sollen alle aus meinem Studio verschwinden, und zwar sofort, hast du Idiot das verstanden?"

Langner machte ruhige und sachte Handbewegungen:

„Natürlich, Herr Lüdtke, die anwesenden Kollegen werden sofort alle Leute herausbringen."

Die Polizei führte die Besucherinnen und Besucher des Fitnessstudios durch einen Hinterausgang ins Freie und brachten sie damit in Sicherheit.

Tanja Kaufmann war nun diejenige, die scheinbar gefasst auf ihren Freund einredete:

„Bitte hör doch auf. Das bringt doch alles nichts mehr. Wir haben doch eh nicht das Geld für den Klub.

Und der Ring, den Konrad am Frauenberg im Blumenbeet gefunden hatte, war wertlos.

Hörst du, völlig wertlos. Der hat weder dem Bonifatius noch irgendeinem anderen gehört.

Konrad hat doch einen Kunsthistoriker gefragt, ich war doch dabei, nichts als Blech, kein Millionenfund. Deshalb hättest du ihn nicht umbringen müssen. Du weißt doch, wie er war. Der war doch immer auf der Suche nach guten, alten Geschichten. Nur weil der Bonifatius sich da oben auf dem Frauenberg ausgeruht hat, verliert er ja da nicht gleich seinen Siegelring, oder? Komm, sei vernünftig. Wir haben doch lange und ausgiebig über alles gesprochen. Wir waren uns doch einig, wir beide. Ich liebe dich doch."

Aber Tanja Kaufmanns scheinheilig wirkende Worte gingen nach hinten los.

Mit ihrer aufgesetzten Art und Weise machte sie alles nur noch schlimmer.

„Du Schlampe, du weißt genau, dass das so nicht stimmt. Es war nicht meine Idee.

Jetzt willst du mir das Ganze noch in die Schuhe schieben, nur damit du deinen Bullen deckst. Wie abhängig bist du eigentlich von dem? Wer hat denn mit dem komischen Dolch aus Konrads Zimmer zugestochen, weil es wie ein perfekter Märtyrertod aussehen sollte und wer hat die Hetzjagd mit meinem Auto veranstaltet? Das war doch dein feiner Bulle."

„Du hast genauso mitgemacht", schrie Tanja. Sie hatte ihre gespielte Fassung endgültig verloren.

„Jetzt schieb nicht alles auf uns. Wir waren uns alle einig."

Rolf Lüdtke nahm kurzerhand Sina noch enger in seinen Griff und verursachte bewusst mit dem Messer einen tiefen Schnitt in Sinas Hals, eine Wunde, aus der sofort Blut zu fließen begann, viel Blut.

Genau in dieser Situation hatte sich Sina vor Jahren schon einmal befunden, nämlich als die vergewaltigte Frau überraschend im Präsidium in Frankfurt auf sie losgegangen war. Sie hatte die Situation von damals nicht aufgelöst, nicht durchbrochen. Jetzt musste sie alles noch einmal durchleben?

Und sie dachte in diesem Moment an ihre Eltern und ihr Leben schien an ihr vorbeizuziehen, Bilder kamen und gingen, sie konnte jetzt nur noch loslassen und auf das vertrauen, was geschehen sollte.

Sie hatte keine, gar keine Chance, sie konnte sich gegen Lüdtke nicht wehren, sie war vollkommen ausgeliefert, jegliche Kontrolle hatte sie verloren.

Sina hatte nichts mehr in ihren Händen.

Lüdtke lachte gekünstelt und machte keine Anstalten, sie gehen zu lassen und die Polizeibeamten bekamen keinen auch noch so kleinen Moment geboten, zugunsten Sinas zu handeln. Sie lauerten auf den Moment, Lüdtke, ohne Sina zu gefährden, unschädlich zu machen, was bedeutete, unter Umständen auch auf ihn schießen zu müssen.

„Haltet alle das Maul, ihr macht es mit Gelaber nur noch schlimmer, dich hätte ich auch als Mäuschen laufen lassen oder meinst du wirklich, ich will noch was von dir? Hast dich von dem Bullen aushalten und flachlegen lassen, so blöd wie du bist. Der hat dich doch auch nur benutzt. Das Schwein wollte an das Geld für den Ring, mit mir und den Mädels Geschäfte machen und ein bisschen Spaß mit dir, um dich ruhig zu halten. Und dein feines Brüderlein hat es letztendlich nicht anders verdient und Karin auch nicht. D i e haben doch u n s gedroht, die wollten uns doch verpfeifen.

Aber ich habe die nicht um die Ecke gebracht, sondern dein toller Freund war es.“

Klaus Faust verhielt sich passiv – so, als sollten jetzt die anderen den Karren aus dem Dreck holen beziehungsweise als könnte die Situation noch zu seinen Gunsten ausgehen – er stand wie angewurzelt auf einem Fleck und sagte unpassenderweise:

„Ohne meinen Anwalt sage ich gar nichts."

Dieses Verhalten machte Lüdtke sichtlich noch unruhiger.

„Ich hab' euch doch alle geliebt. Ich hatte doch Angst um unsere Existenz und dass du völlig ausrastest", stammelte Frau Kaufmann.

„Du, du kannst doch gar nichts, du warst doch eifersüchtig auf deinen brillanten Bruder. Er war doch der Goldjunge und du ein Nichts und das bist du auch wirklich."

Schweiß tropfte von Rolf Lüdtkes Stirn. Wahnsinn und Panik standen in seinen Augen.

Seine ganze Aufmerksamkeit schenkte er seinen begangenen Taten, Tanja und dem arrogant wirkenden Klaus Faust, der seine Arme lässig in die Hüfte stützte.

Langner nutzte genau in diesem einen Moment die Gelegenheit, zog geistesgegenwärtig seine Waffe und schoss in den großen Spiegel der Fitnesswand, der in tausend Einzelteile zerbrach und ein ohrenbetäubendes Klirren verursachte. Damit hatte niemand gerechnet.

Sina konnte sich in diesem Augenblick des Schrecks und der Unaufmerksamkeit Lüdtkes selbst aus der Gewalt befreien, Langner richtete seine Waffe drohend auf Rolf Lüdtke, der wie ein Besessener mit dem Messer auf Faust zurannte.

„Keinen Schritt weiter!", schrie Langner. Aber Lüdtke hörte nicht auf ihn.

Noch ein Schuss fiel, dann war Totenstille.

Die Zeit schien für einen Moment stillzustehen. Niemand konnte genau sagen, was geschehen war, die Situation war völlig aus dem Ruder gelaufen.

Alles lief in Sekundenschnelle ab.

Sina hatte sich hinter die Theke flüchten können.

Ihre Halsverletzung war schlimmer, als es im ersten Moment ausgesehen hatte.

Aber sie lebte und war bei Bewusstsein.

„Alles klar?“, fragte Langner, der Rolf Lüdtke noch im Auge hatte und kurz zu ihr schaute. Von Sina kam nur ein: „Mmm“.

Sie stützte sich an der Theke mit beiden Händen ab.

Lüdtke lag am Boden, bewegungslos. Der Schuss hatte ihn in die linke Brust getroffen.

Langner eilte zu ihm, kniete sich seitlich neben ihn und fasste an seine Halsschlagader. Er hielt seine Waffe noch zielgerichtet in der Hand. Ein Kopfschütteln von Langner bedeutete: Lüdtke war tot.

Er rannte zurück zu der erschöpften Sina, die bereits von einer Polizeibeamtin gestützt wurde. Behutsam nahm er sie nun in seine Arme und brachte sie vorsichtig in das Bistrozimmer des Studios.

Tanja Kaufmann, die vor Schock für einen kurzen Augenblick wie versteinert wirkte, begann gellend zu schreien, sie schrie ohrenbetäubend. „Nein, nein, bitte nicht.“

Sie warf sich auf den Boden neben den leblosen Körper Lüdtkes.

„Rolf, ich hab‘ das doch alles nicht so gewollt. Warum?“

Wie von Sinnen nahm sie das Messer des Toten, das in der Kürze der Zeit noch nicht vom Tatort beseitigt worden war, in ihre Hände und fuchtelte damit vor ihrem Körper herum.

Nun drehte sie völlig durch, blickte wie eine Geisteskranke.

Von ihr ging Gefahr aus und das teilte sie den Beamten durch ihre Gestik unmissverständlich mit. Polizeiwaffen waren treff- und zielsicher auf sie gerichtet.

„Abstand, auch du, Klaus, sonst…. ich steche zu…. das könnt ihr mir glauben, ihr Verräter.

Ich habe nichts, aber auch gar nichts mehr zu verlieren.“

Und das stimmte tatsächlich.

Sie blickte zu Lüdtke, drückte ihn und gab ihm einen letzten Kuss.

Dann nahm sie das Messer, schaute in die Runde entsetzter Gesichter und rammte sich das Messer in ihre Brust.

Ihr Oberkörper fiel auf den von Lüdtke.

Einsatzkräfte stürmten auf sie zu, sie stöhnte, einige Sekunden vergingen, dann folgte die Stille. Jede Hilfe kam für sie zu spät.

Sie starb an Ort und Stelle.

Sina lag mittlerweile am Boden. Sie zitterte am ganzen Leib und war unterkühlt. Langner versuchte verzweifelt, sie mit seiner eigenen Körpertemperatur zu wärmen.

Der Notarzt und die Sanitäter trafen ein und wurden umgehend zu der leichenblassen Sina gebracht. Aus Sinas Wunde floss immer noch Blut. Das Bewusstsein hatte sie mittlerweile verloren. Händeringend kümmerte sich der Rettungstrupp um die Schwerverletzte. Alles lief in einem Bruchteil von Sekunden ab. Der Kampf um Sinas Leben hatte begonnen...

Klaus Faust schwieg nach wie vor. Sein Blick war ohne jegliche Emotion. Die Beamten führten ihn wortlos ab.

Licht im Dunkeln

Ohrenbetäubende Geräusche der Martinshörner durchströmten die Straßen von Fulda. Mit Blaulicht und Höchstgeschwindigkeit fuhr der Notarztwagen Sina ins Städtische Klinikum. Auf einer fahrbaren Liege wurde sie in die Notfallaufnahme gebracht. Die Handgriffe der Sanitäter saßen, Ärzte eilten herbei. Eine Beatmungsmaske war über ihren Mund gelegt, die Wunde mit einer Arterienklammer versorgt. Aber sie hatte schon zu viel Blut verloren.

Mike Langner, der nicht im Notarztwagen mitfahren durfte, folgte in seinem Dienstwagen mit eingeschaltetem Blaulicht dem Rettungswagen. Seine Kollegin Birgit Meister regelte alles Weitere vor Ort. Die Gefahr war gebannt, die Situation unter Kontrolle, zwei Menschen – Mittäter – tot.

Im Flur der Notfallaufnahme erreichte er rennend und völlig außer Atem die immer noch nicht zu sich gekommene Sina, die von einem Sanitäter gerade auf dem Weg in den OP gefahren wurde. Langner griff nach ihrer Hand. „Sina, bitte bleib bei mir, bitte gehe nicht. Ich brauch dich doch."

„Bitte gehen Sie auf die Seite, Sie können jetzt nichts für sie tun.

Ein Arzt blickte ihm nicht sehr vielversprechend in die Augen.

„Sie wird es doch schaffen, sie wird es doch schaffen?" Langner war verzweifelt.

„Sie hat sehr viel Blut verloren." Dann ging alles sehr schnell.

Ein Sanitäter rief dem diensthabenden Arzt zu:

„Sie hat keinen Puls mehr, wir verlieren sie. Schnell, sie ist nicht mehr da."

Langner blieb mit hängenden Armen im Gang stehen und schaute wie hypnotisiert zu, wie Sina im OP verschwand. Er konnte nicht mehr, sank mitten auf dem Gang auf seine Knie, verschränkte seine Hände vors Gesicht und betete das „Vater unser…“

Hoffnung

Langner lief durch den grell beleuchteten Krankenhausflur. Nach Tagen der Wartezeit durfte er endlich zu ihr.

Die Tage zuvor hatte er nur kurz an einer Scheibe zu Sina blicken dürfen.

Sie lag noch immer auf der Intensivstation, aber sie war außer Lebensgefahr.

Erschöpft, doch voller Hoffnung, betrat er das weiße Zimmer, in dem Sina mit geschlossenen Augen im Krankenhausbett lag. Leise setzte er sich auf einen Stuhl neben ihr Bett, nahm ihre Hand und war in diesem Augenblick unendlich glücklich und dankbar.

Sie öffnete die Augen.

„Sina, Sina, endlich, du bist wieder da. Wie geht es dir?"

„Na klar, bin wieder da, wer denn sonst?"

„Was machst du denn für Sachen? Du brauchst nicht zu denken, dass ich den Scheiß hier allein weitergemacht hätte."

„Nee, nee, ist doch noch mal alles gut gegangen, Langner, du weißt doch, Unkraut vergeht nicht. Aber was soll das denn hier mit dem Händchenhalten? Du weißt doch, ich stehe nicht auf so was."

Sina lachte schwach.

Mike liefen Tränen vor Glück die Wangen hinunter.

„Heulst du wegen mir, du Heulsuse?"

„Mir ist nur was ins Auge gekommen."

Sina war noch sehr mitgenommen von der Notoperation. Ein dicker Verband ließ ihren Hals nur noch erahnen.

„Es kommt mir vor, als wäre ich wochenlang auf Reisen gewesen", sagte sie leise. „Da waren meine Eltern, mein Bruder, meine Kindheit, meine Ausbildung, mein Job, wichtige Menschen und dann war da nur noch ein dunkler Tunnel… und dann so viel Licht."

„Pst, Sina, rede nicht so viel, du darfst dich nicht anstrengen, du warst klinisch tot. Die Ärzte hatten alle Mühe und Not, dich wieder zurückzuholen. Sie haben dich in ein künstliches Koma gelegt. Du hast es den Ärzten nicht gerade leicht gemacht, aber warum soll es denen auch anders gehen als mir?“

„Langner, das heißt aber für dich, du musst jetzt das Präsidium erst einmal allein rocken.“

„Ich rock, was du willst, aber du wirst erst einmal richtig gesund und kommst wieder auf die Beine, bevor du irgendetwas planst, verstanden, meine Liebe? Und ob du willst oder nicht, ich werde mich um dich kümmern und natürlich auch um dein Katzenvieh. In ein paar Wochen bist du wieder ganz die Alte. Du hast die nächsten Wochen Zeit, dich zu regenerieren und ich lasse mir ein paar Dummheiten einfallen, versprochen.“ Langner wirkte ungewohnt bestimmt.

„Das ist kein Katzenvieh, sondern Harry Potter, der Kavalier unter den Katzendamen. Von dem kannst du noch eine ganze Menge lernen und dir mal eine Scheibe abschneiden. Aber das ist ein Thema für sich und eher ein Insider.“

Langner ließ den Insider unkommentiert stehen. Sina musste sich schonen.

„Dein Bruder kommt dich jetzt auch ganz bald besuchen. Es durfte niemand zu dir. Ich habe jeden Tag mit ihm telefoniert und ihn auf dem Laufenden gehalten. Er hat sich riesige Sorgen gemacht. Ich habe ihn so gut es ging beruhigt.“

Sina lächelte leicht, aber selbst das schmerzte.

„Komm mal zu mir ans Ohr“, bat Sina.

Langner beugte sich wie befohlen zu ihrem Ohr. Sina küsste ihn zärtlich auf die Wange und flüsterte ein leises:

„Du bist die nebelumhüllte Person aus meinem Traum. Danke, danke für alles!“

Langner verstand die Message zwar nicht, aber genoss den Moment in vollen Zügen.

Seine Kommissarin hatte ihn geküsst, wenn auch nur auf die Wange!

Der Weg entsteht im Gehen

Nach ein paar Wochen machten Sina Seefeld und Mike Langner gemeinsam einen kleinen Genesungsausflug. Sina saß mit ihrer mittlerweile gut verheilten Verletzung schon wieder hinterm Steuer und überraschte Langner, als sie Richtung Rhön fuhr. Den Weg kannte sie ja mittlerweile bestens.

„Was hast du denn mit mir vor?"

„Abwarten und Tee trinken. Hast du eigentlich noch etwas von dem Pfarrer gehört?

Wie ist er denn mit den ganzen Ereignissen umgegangen?"

„Keine Ahnung. Biggi hat den aus der Untersuchungshaft wieder gehen lassen", beantwortete Langner kurz Sinas Frage.

„Ja, das ist jetzt wohl sein Ding, mit den Tatsachen oder dem nicht Gesagten umzugehen. Wenn er mit der Wahrheit rausgerückt wäre, könnten Rolf Lüdtke und Tanja Kaufmann vermutlich noch leben und die beiden Opfer vielleicht auch."

„Meinst du wirklich?" Langner schaute Sina fragend an.

Sie zuckte mit den Schultern.

„Ach, keine Ahnung, vielleicht, vielleicht auch nicht. Ist eh nicht mehr zu ändern und vielleicht sollte es auch genauso sein. Wer weiß das schon? Manche Dinge müssen so stehen bleiben, wie sie eben sind. Ein kleiner Trost für mich ist, dass wir nicht ganz und gar falsch mit unseren Vermutungen lagen. Diese Tanja Kaufmann stand ja schon mit beiden Beinen im Schlamassel.

Aber das mit Faust hat mir schon zugesetzt. Das hätte ich niemals für möglich gehalten. Vermutlich hat man einfach zu oft die Scheuklappen auf oder vertraut an falscher Stelle.

Einer aus den eigenen Reihen, ein Mörder, ein Betrüger, einer, der auf die Gegenseite gerät, einer, der den Versuchungen des Lebens nicht widerstehen kann, seine Grenze nicht mehr kennt, der uns betrügt, hintergeht und ausbootet und... und das Schlimmste... ich bekomme davon nichts mit."

„Mach dir keine Vorwürfe. Wir haben doch alle nichts davon gemerkt. Er hat uns allerdings den Mord an Konrad offiziell gestanden, die Beweislage war erdrückend, nachdem sich noch ein Zeuge bei uns gemeldet hat, der ihn im Schlossgarten blutverschmiert gesehen hat.

Er hat Konrad tatsächlich nach dem Gespräch mit Tanja in den Schlossgarten gelockt und ihn dort mit Konrads Dolch erstochen. Diesen hatte ihm Tanja besorgt. Still und heimlich hat sie ihn aus Konrads Zimmer entwendet. Fürchterlich, die eigene Schwester liefert das Mordinstrument! Den Schlag in den Bauch hatte Konrad einen Tag zuvor von Lüdtke kassiert. Der steckte bis hinter beide Ohren in tiefen Schulden. Tanja hat dann schließlich Faust geholfen, es nach einem Künstlermord aussehen zu lassen, mit dem Bibelkram, den Rhododendren usw. Das war sie ihrem Bruder sozusagen schuldig.

Er sollte wenigstens wie ein Heiliger aus dem Leben gehen, wie paradox und krank! Wahrhaben wollte sie das Ganze nie. Und den SLK hat Faust in der Nacht, in der Karin starb, tatsächlich auch gefahren. Die Bildtechnik hat mal wieder überzeugende Arbeit geleistet.

Und warum hat „Faust" das alles gemacht: Macht, Geld und Rock'n Roll."

„Ja, erschreckend, zu was Menschen fähig sind."
Sina wirkte nachdenklich.

„Aber jetzt ein anderes, viel wichtigeres Thema: Was ich noch sagen wollte, meine Liebe, der Chef, unser lieber Herr Pfeiffer, hat mir gestern feierlich verkündet, dass es vorerst mit meiner Beförderung nichts wird. Du weißt doch, der Haushalt des Landes, die Politik und so. Im Moment ist da nichts drin. Wir müssen halt alle ein bisschen sparen. Und außerdem habe ich nach dem Fall wohl auch noch einiges zu verdauen und muss mich noch für die eine oder andere Frage bereithalten. Schließlich tötet man nicht jeden Tag einen Menschen, auch wenn der Schuss seine Berechtigung hatte, wie alle Anwesenden bestätigen konnten.

Ich war dem Alten gar nicht so böse. Da bleibe ich dir nämlich noch ein bisschen erhalten und das sind doch super Aussichten, oder? Und vielleicht werden wir beide ja nächstes Jahr mal zusammen befördert, was meinst du? Bei den Leistungen, die wir zusammen erbringen!“

„Langner, du kannst es einfach nicht lassen. Lass mich da mal bitte raus. Mit Ruhm habe ich mich in letzter Zeit beim besten Willen nicht bekleckert, was ein Reset für mich bedeutet. Derzeit bin ich auch tatsächlich zufrieden, mit dem was ich hab‘ und mit dem, was ich bin. Wenn du aber meine psychologische Hilfe brauchst, einen freundschaftlichen Rat benötigst oder einfach nur reden willst, habe ich natürlich schon ein offenes Ohr für dich.“

„Ja, ist ja schon gut, ich hab‘s schon verstanden. Wie habe ich deine Rüffel doch vermisst. Wir beiden Hübschen wollen jetzt auch gar nicht mehr von der Arbeit sprechen, sondern du sagst mir jetzt, was du vorhast. Da der Fall gelöst ist, wenn auch auf Umwegen und mit zu viel persönlichem Köpereinsatz, brauchen wir auch niemanden mehr in der Rhön vernehmen“, lenkte Mike Langner scherzend ein.

Er macht gute Miene zum bösen Spiel, denn die Vorkommnisse in der letzten Zeit hatten ihn sehr mitgenommen und quasi aus der Bahn geworfen; die Aufarbeitung des Geschehenen forderte immense Kräfte von ihm. Unwiderruflich hatte er ein Leben ausgelöscht. Mike hatte sich bereits bei der Polizeipsychologin zu Gesprächen angemeldet, denn er benötigte Unterstützung bei der Verarbeitung.

Aber am heutigen Tag wollte er Sina damit nicht belasten.

Die Sonne schien gnädig und für den Moment war er einfach nur glücklich.

Und die Devise „einfach nur im Hier und Jetzt leben“ hatten heute beide für sich verinnerlicht!

„Also, Madame, was willst ausgerechnet du mit mir in der Rhön, du Landschaftsmuffel?

Willst du mit mir vielleicht auf die Milseburg, du große Geschichtsfrau?

Der Berggipfel ist über einen Rundweg, der nahe der Ortschaft Kleinsassen beginnt, zu erklimmen. In dem Malerdorf Kleinsassen gibt es übrigens eine Kunststation mit Buchhandlung und Ausstellungen. Das ist ein kleines Museum mit Skulpturengarten und einem Café, in dem es leckeren Kuchen für uns gibt. Ich finde, das ist genau das Richtige für uns! Wir sind gar nicht so weit von dem Ort entfernt.

Aber zurück zum Thema: Im Mittelalter gab es auf dem Gipfel der Milseburg nämlich einmal eine Burg. Daher hat der Berg vermutlich auch seinen Namen. Eine super Aussicht hat man von ganz oben.“

Langner konnte seine ausschweifenden Ausführungen nicht lassen.

„Langner, du langweilst mich ohne Ende, der Berg verdankt seinen Namen einer Sage über den ‚Riesen Mils‘, der hier im Verbund mit dem Teufel sein Unwesen getrieben haben soll. Der Heilige Gangolf soll ihn schließlich bezwungen haben, worauf der ‚Riese Mils‘ sich selbst umbrachte. Der Teufel bedeckte den Leichnam schließlich mit Steinen – das ist die heutige Milseburg. Also der Riese Mils liegt dort begraben und wenn man von weitem auf den Berg schaut, erkennt man das sogar. Aber nein, wir fahren heute nicht zum Riesen.“

„Respekt, Frau Kommissarin, das Wissen hätte ich Ihnen jetzt gar nicht zugetraut. Sehr schade, wohin willst du mich denn dann führen oder entführen…?“

„He, Langner, Geduld ist auch nicht deine Stärke, was? Es ist nicht die Milseburg, nicht die Wasserkuppe, nicht das Schwarze Moor und zu deiner Beruhigung: Vernehmen wollen wir heute tatsächlich keinen Menschen in der Rhön. Und da es mit meinem Rom und dem Besuch bei unserem Papst Franziskus noch nichts wird, ist ja wohl ein klitzekleiner Ausflug, der dem Ganzen am Rande ein wenig nahekommt, erlaubt."

Langner gab auf und zuckte mit den Schultern. Aber seine Neugier war geweckt.

„Dann kann ich mich wohl nur überraschen lassen."

Nach weiteren vierzig Minuten der kurvigen Fahrt setzte Sina den Blinker rechts und fuhr auf den Parkplatz der Thüringer Hütte.

„So, Langner, wir sind angekommen."

Beide stiegen aus dem Auto.

Langner blickte sich verwundert in der Gegend um.

„Schön, und weiter? Was machen wir jetzt hier? Gehen wir zusammen einen trinken, oder was?" Vielversprechend schaute er zu dem renovierten, mit Holz verkleideten Gasthaus mit den grünen Fensterläden.

Sina öffnete den Kofferraum des Wagens, nahm ihre Wanderschuhe, die noch den Schmutz von einer lang zurückliegenden Wanderung vor vielen Jahren aufwiesen, heraus, strippte ihre Sandalen aus, zog sich Socken an, stieg vorsichtig in die Wanderschuhe und schnürte diese fest zu. Dabei fielen Schmutzbrocken von den Schuhen auf den Boden.

„Das ist doch eine ganz andere Sache, solche Wanderschuhe. Und um auf deine Frage einzugehen: Nein, Langner, falsch geraten, wir beiden Hübschen kehren erst einmal nirgends ein, sondern laufen gemeinsam den Franziskusweg mit all seinen Stationen – dem Besinnungsweg und dem Lebensweg – und werden mal so richtig in uns gehen mit allem, was dazugehört. Wir lassen im wahrsten Sinne des Wortes die Natur mit und zu uns sprechen und natürlich den Heiligen Franziskus. Und ich bin sicher: Du schaffst das auch mit deinen Turnschühchen. Und erst danach nehmen wir einen Absacker in der Thüringer Hütte und lassen es uns so richtig gut gehen. Na, was sagst du?“

„Es geschehen noch Zeichen und Wunder, kann ich nur sagen, und wenn du ganz gesund wärst, würde ich mich über diese Idee echt freuen. Aber so ist das doch noch viel zu anstrengend für dich. Und da ist dein Heiliger Franziskus mit mir einer Meinung, da kannst du dir sicher sein.“

„Ach Langner, sei still und komm‘ einfach mit.“

Epilog

Pfarrer Alexander Polinski blieb weiter in seiner Pfarrei bei Bamberg als Seelsorger tätig.

Eleonore Kaufmann konnte die psychiatrische Klinik nicht mehr verlassen.

Die Frau des Lehrers Ludwig Kraus trennte sich von ihm, nachdem sein Verhältnis mit Gerd Winkler ans Tageslicht gekommen war.

Klaus Faust wurde vom Dienst suspendiert. Er musste sich vor Gericht des zweifachen Mordes verantworten und kam lebenslänglich ins Gefängnis.

Der rote Siegelring, den Konrad gefunden hatte, blieb verschwunden. Er hatte niemandem die genaue Fundstelle genannt. Konrad hatte den Ring an einen geheimen Ort gebracht. Es wurden Stimmen laut, die mutmaßten, er habe ihn in der Michaelskirche vergraben. Konrad glaubte an seinen Schatz, er hielt ihn nach wie vor für ein Fundstück aus uralter Zeit. Wenn er auch nicht dem großen Heiligen Bonifatius gehörte, so vielleicht dem Erbauer der Michaelskirche, dem vierten Fuldaer Abt Eigil (818–22)? Um die Krypta in der Michaelskirche legt sich ein ringgewölbter Umgang, der durch niedrige Bogenöffnungen zugänglich und durch Zwischenwände geteilt ist. Die Kammern dienten möglicherweise als Beinhaus, zeitweise vielleicht auch als Zellen für Reklusen – vorübergehend in eine Zelle eingeschlossene Mönche. In einer dieser Zellen soll sich in einer versteckten Nische der Ring befinden. So munkelt man zumindest. Ein Schatz, der wohl für immer im Verborgenen bleiben wird.